大理

一生可以更慢

Dali

Life
Can Be
Slower

李婷 编著

崇圣寺三塔

当代世界出版社
THE CONTEMPORARY WORLD PRESS

图书在版编目（CIP）数据

大理，一生可以更慢 / 李婷编著. --北京：当代
世界出版社，2023.4
ISBN 978-7-5090-1654-1

Ⅰ.①大… Ⅱ.①李… Ⅲ.①散文集—中国—当代
Ⅳ.①I267

中国版本图书馆CIP数据核字（2022）第222722号

书　　名：大理，一生可以更慢
监　　制：吕　辉
责任编辑：李玢穗
出版发行：当代世界出版社
地　　址：北京市东城区地安门东大街70-9号
邮　　箱：ddsjchubanshe@163.com
编务电话：（010）83907528
发行电话：（010）83908410（传真）
　　　　　13601274970
　　　　　18611107149
　　　　　13521909533
经　　销：全国新华书店
印　　刷：炫彩（天津）印刷有限责任公司
开　　本：880毫米×1230毫米　1/32
印　　张：12.25
字　　数：315千字
版　　次：2023年4月第1版
印　　次：2023年4月第1次
书　　号：ISBN 978-7-5090-1654-1
定　　价：88.00元

Dali

Life
Can Be
Slower

◆ 云海中的苍山　方圆音画供图

世界的大理，康养慢生活

　　随着后疫情时代与社会老龄化现象的到来，康养渐成趋势，人们都在寻找一个适合生活、满足健康需求的地方。放眼国内，从环境、气候到人文精神，大理可谓康养生活的黄金地带。

　　在气候方面，大理全年平均气温 17 摄氏度左右，冬无严寒、夏无酷暑、花开四季；在地理方面，大理的高山、湖泊、草原、湿地等地貌景观极其丰富；在人文方面，大理自古有"妙香佛国"之称，民风淳朴、人杰地灵、文化多元；在经济方面，大理逐年引入优势产业，城市基础设施日臻完善，人民安居乐业。

　　所以，金成集团把打造的第一个世界健康小镇放到了大理。

　　大理慢谷，既是以健康为主题、以未来社区为框架的小镇生活试验场，也是慢谷系产品、慢生活社区运营的开端。

　　大理慢谷营造的慢生活，以"慢"为主题、用多元的方式进行重组与调和，让人们在这里，既能享受丰富的基础生活配套，又能体验高于生活的理想配套。

　　我们以大健康理念为主导展开设计，针对慢谷的空间、服务、景观，甚至周边的环境制订一系列相应的标准，并且引入浙大校友联合体旗下优秀产业，结合大理本身所具有的自然生态优势，将慢生活置于一个更加健康的情境中。

大理慢谷的发展，离不开大理城市的发展。作为云南省"双百"工程重点项目、健康产业标杆项目、国家康养旅游示范基地、全国健康生活目的地，大理慢谷拟从城市整体发展的视野出发，延伸健康产业链条，践行其价值主张。它需要与城市同频，才不至于丢失时代色彩，也需要与城市前进的步伐一致，才能够拥有更好的生活、更优秀的文化与更前沿的资源。

大理不只有古城，还有11个县，每个县、乡、村都有独特的人文景观。在这里，多民族混合聚居，儒释道和谐相处，慢生活浑然天成。

从改革开放至今，经济飞速发展，人们的生活质量、物质水平也得到了大幅提升，但当生活质量、物质水平提升到了一定程度时，人们可能会面临精神与情绪上的压力，需要寻求解决方法与渠道。这些压力或许不是某个人引起的，而是社会里淤积的复杂关系和理念冲突带来的，而慢谷提倡的慢生活在一定程度上算是缓解压力的良药。

慢生活不是拖延时间，而是让人们在生活中找到平衡，张弛有度、劳逸结合，以提高生活质量，提升幸福感。快节奏的生活让人们疲于奔命，适当的慢和舒缓能让心灵和身体得以喘息、休憩，从而更快、更好地重整旗鼓。慢，指的是刚刚好的节奏与速度；慢，是为了更好的快！人们如果一直快下去，就都是在赶路，来不及享受任何美好的事物。

在大理，很多人工作是出于兴趣，他们可能曾经是大城市里的白领，但到了大理就变成了手艺人，只做自己喜欢的事情。人们的收入达到了一定水平后，这种现象很大概率会出现。我们洞察到了这一趋势。最早是一批积累了一定财富的"50后""60后"，出于健康的考量形成了这种地域流动。但现在很多"70后""80后"，曾是都市里的商人、媒体人、互联网从业者、建筑设计师、艺术家……他们中的很多人开始寻找更适合自己，也更宜居的城市与生活方式，最后选择离开大城市，来到大理扎根。

大理慢谷，希望能为这些人提供适合他们的慢生活方式。

我们相信，每个人心中都装着一个大理，它的发展离不开每个参与者的努力。长的是岁月，短的是人生，快节奏的时代里，更需要慢生活的洗涤。大理承载着所有人对美好生活的希冀，无数人为"大理更美好"而奋进。

吴王楼

浙江金成控股集团董事局主席

杭州市余杭区慈善总会理事

首先，其次，最后……

首先，我不得不说，收到这本书的样稿后，我认真地反反复复读了好几遍。因为其华丽的文字，不时透射出有关生活本真的哲理，需要好好体悟和思考。同时，那些有趣的人、事、物，亦值得反复地欣赏并揣摩。

书中探访和描述的那些生活在大理或者与大理有缘的人，不管是本地人还是外来户，个个都是那么性格鲜明。他们有的平和，有的激进，有的风趣，有的清雅，有的世俗，有的出尘。他们的生活和故事也由此精彩纷呈，其中有生活琐碎、有商业生意、有手艺工匠、有诗与远方，还有热衷公益环保、不为五斗米而归隐田园的故事。再加上大理独特的自然、历史、人文，林林总总，勾勒出了大理生活的多维度立面，精准且惟妙惟肖，为我们展现了别具一格的大理生活场景。

在这里，我们会遇见许多有趣的人，倾听他们的故事，如蒋云磊说"形式不是根本，而是截然相反，也可以一脉相承"，如达瓦次里要开心快乐地当自己的英雄，如Coco把时间花费在美好的事物上，如鲍文说"有些事情，别人可以替你做，但无法替你感受"。此外，还有美国人林登、法国人Jonathan、绿色大理志愿者小组等等。至于民宿、咖啡馆、各式小店、崇圣寺三塔以及各种美食小吃，还有三月街、蝴蝶会等各种节庆，也都让来此的人流连忘返。

但是，就以上的人、事、物来描绘大理的生活，还是显得单薄和底气不足的。

其次，我不得不说说大理那些撩人心弦的生活味道。我记不清到过大理几次了，但每次来大理，一种新的感觉都会油然而生，我曾多次试图用文字来抓住这种感觉。

2021年4月24日，从大理国际大酒店出来，就是云龙路。那是下关很平常的一条街。

周六的下午，阳光炽热得犹如身处初夏的杭州，到处都十分空寂。这时，开过来一辆通勤车，车身的装饰有点儿卡通色彩，下来的是身着民族服饰的白族姑娘。除此之外，街边一幢正在装修的大楼窗边的两个背影，亦是很抓人眼球。

大理有历史，随便一个汽修店，用的招牌都以南诏古国自称，没人看店，就让轮胎站岗。大理也很霸气，小小的酒店敢用滕王阁标榜！洱海里的鱼最有味道，用火塘来做最具特色，那是段王爷请你来吃啊！

风，从苍山上吹来，温暖和润。这个周六的下午啊，洱海边人倒是不多，多的是各色大小不等的花。

这种感觉不会凭空而来，我想应该有几个缘由。一是地理。地球板块碰撞出喜马拉雅山脉，东面挤压出横断山脉，山脉造出台地，台地成就大理，形成低纬度高海拔地区独有的气候和地貌。二是历史。上述的地理环境，让大理五千年以前就有了古洱海人，产生了洱海文明，其后的南诏大理国、南方丝绸之路、茶马古道等，就不用我多说了。三是文化。受上述的地理和历史因素影响，中国56个民族中，有50多个在云南、在大理居住融合，由此产生的风俗和文化，你说有多丰富和独特！

最后，我不得不绕回来，说说当下和未来。当下的大理，看似苍山不动、洱海依旧，但风云总是在变幻的。人与自然、人与他人、人与自己的互动，让人感慨大理原来的洋人街不见了，苍山顶的雪难得看到了，洱海的水混了又清，古城清寂又喧嚣，坐在民宿里看海时忽然发现自己躁动了。为什么？远远看到海那边的山坳里建起了一个大理慢谷。

就像板块漂移拱山抬地，这几年大理慢谷蓄力生长，似乎也在推动着大理的慢生活。这是一种梳理后的继承和发展，很多新的理念、内容、方式渐渐融入大理原有的民族特性和生活中。

古时，大理是中国面向太平洋和印度洋的中心城市和国际化城市。

而今，随着"一带一路"倡议的推进，面向南亚和东南亚，大理新的定位和形象，在21世纪的今天慢慢地清晰起来。

2013年11月的《纽约时报》有篇文章《逃离北上广，去大理看蓝天白云》，放在10年后的今天来看，依然应景。大理不仅是当今世界稀缺的人类栖息地之一，更是"一带一路"的西南先驱，是一个环境、社会、产业、生活与人惺惺相惜、和谐共进的理想之城。

在如此层面上来讲慢生活和大理慢谷，这个"慢"字的含义和内容值得我们扩展和深挖。

我很羡慕李婷，这个成长于内蒙古、生活于江南，现在又长期工作在大理的美女，有着文字工作者、影像工作者等多重身份。她有那么多时间，可以去结交大理各种有趣的人，记录他们的生活和想法。她也曾和我探讨过成立慢生活研究工作室等诸多事宜。想必她热爱这样的工作，热爱大理，热爱生活在大理的形形色色的有趣的人。她的这份热爱成就了这本书。相信未来不止于此，有关慢生活和大理慢谷的故事，在她手里还会继续。

朱早

金成学院执行院长

杭州市茶文化研究会茶文化与健康联盟副会长

越过山丘，是大理

　　我认识的第一个大理人是段誉。高中时港版《天龙八部》热播，这个出现在小说第一章、电视剧第一集的大理王子，风流倜傥又痴情。我和好朋友们聚在一起分享少女情怀，犹记得其中一个好朋友说，将来一定要嫁给像乔峰那样的英雄，但大家一致认为至少要段公子谈场恋爱……一片互相取笑的嬉闹中，青春烂漫，时光流淌。少不更事的我们，当时并不知道，这世界真有一个地方，叫大理。

　　第一次到大理，下关冬天的风横冲直撞地刮着，已定居此地多年的郑老师带着珍稀菌菇和其他食材，在一家当地人才找得到的私房餐厅，招待我和郑武等同行众人。席间菌锅里翻滚的山珍，伴随大家畅聊的大理故事一起沸腾。彼时，郑武已决定从深耕十年的海南文旅名盘转战到承载集团重要布局战略的彩云之南，来大理开始职业生涯的新征程。

　　席后，我们围炉夜谈，聊不尽这座城古往今来的传奇故事。于是，策划一本大理生活故事之书的想法在跳动的火焰中渐渐成形。

　　随着"逃离北上广，回头是云南"口号的风靡，大理作为彩云之南最独特的存在，每年吸引众多一线城市中产家庭以及有康养和休闲度假需求的游客和文艺创作者。他们从全国各地来到大理，或憩息，或短居，或定居。这些"新大理人"如当初的我们对这座城市充满了好奇，怀着融入和探索的渴望，毕竟选择了大理而不是其他城市，就已经表明了对它的情有独钟。

这些人长年工作、生活在一二线城市，外表光鲜亮丽，出入高档写字楼、商务酒店、会议室或政府机关办公室等和业绩增长、进度、KPI 挂钩的场所，在被效率挤压的焦虑中，体会不到生活的温度和质感，在冗长的工作流程与密集的行程表中，找不到一个慢下来的地方。

在这些跨越山海来到大理的人身上，又何尝不能看到我们自己的影子？

跨过用力奔跑的前半生，去哪里休憩一下再整装出发？如何开辟一种不同于以往的新生活方式？如何让这座城市的美被更多人看见？大理不仅有苍山月和洱海波，那些散落在古城里的人间烟火、藏匿于街巷村落的传奇人物，那些被遗忘的古老文化，以及在匠人手中闪闪发光的手工艺品，才是这座城市的瑰宝，值得细细寻觅、娓娓道来。

唯有慢下来，才能抚慰被速度裹挟的神经，大脑才能缓过神来。

提炼一座城市的精神气质，为来到这里的人们打造一种新的生活方式，不辜负这片土地的灵气，将美好一一呈现，让更多人来到大理，了解大理，生活在大理……大理慢谷的初衷和使命开始变得清晰而笃定，慢生活的理念呼之欲出，每个对美好的远方心存向往的人都需要一座慢谷。

在慢谷，生活可以更慢。

策划整本书的过程中，我和郑武带领的慢谷团队开了数不清的会。我记不清从全国各地飞到大理多少次，因行程之密集、拜访之频繁，我这个离了导航就分不清东南西北的"路痴"，最后竟可以轻松穿过大理古城的大街小巷，准确找到去过的早点铺、咖啡店，甚至晚上还能步行回民宿，走在街上还能和几个熟人打声招呼……

最令人着迷的是采访过程中遇到的那些有趣的灵魂，每次访谈就像一场小型"人生发布会"，我置身其中，会欢喜雀跃，也会泪流满面。

林登放弃了他在美国拥有的一切，选择在喜洲创建喜林苑，让原本在美国上名校的孩子体验白族农家生活，他不知道这会带来什么影响，但他确定这一切都有意义；旅行者乐团的现场表演比播放器里的旋律更拉风；采访完周云蓬我忍不住讲了个关于他的八卦，大家会心一笑；达瓦次里在古城他常年写作的咖啡馆里讲起在上海的求学、工作经历，支教的艰苦环境和单纯的孩子，旅途中的意外，人与人之间的不理解和孤独；Coco在大学时代就来到大理，"要物手造"的每件饰品都展现了她自由的灵魂；小白决定一生潜心于扎染创作之后，多次赴日韩和中国台湾地区学习技艺，温柔坚韧又谦逊强大；"三只脚"作为民宿的名字，夹杂着疼痛，但采访完民宿主人邱义松后只觉得坦荡，他在大理闲时以春花酿酒，夏夜和朋友烧烤，让人看不到残缺，只敬佩他向阳而生的勇气！

整本书从采访到成稿，精简修改无数次。全书共分三部分："我的大理"聚焦生活在大理的有趣人物；"趣乐大理"介绍大理最有特色的咖啡馆和民宿；"原来大理"则集中展示大理的非物质文化遗产以及传统美食和文化。

在创作之前，我们几乎对市面上能找到的关于大理的图书都进行了通读研究。在当下的"读图时代"，书中的文字要精彩，图片也很重要，比较特别的是这本书还加入了原创插图，创作者是毕业于中央工艺美术学院的大理慢谷副总经理郑武。

郑总的专业与勤奋很多年前就在业内有口皆碑。策划图书之初我们提出了图片的重要性后，他不仅配备了一流的影像团队，还轻描淡写地说书里可加一些插图，由他来画。因为工作上的接触，我知道他经常会连轴开会，忙起来连吃饭的时间都没有，但随着图书创作的推进，他给出了超出预期的丰富而唯美的插画。通过他笔下的线条，我们看到了另一种气质的大理。图书设计中插图元素的加入，也让整体视觉美感层次更丰富，兼具了可读性和欣赏性。

作为大理慢谷的主要负责人，郑总不疾不徐地认真做好每件事的态度，某种程度上和他所倡导的慢生活一脉相承——以心怀敬畏的赤子之心，静静等待时间的回馈。

大理慢谷的慢生活也在潜移默化地影响着这座城市。作为中国最具"嬉皮士精神"的地方，大理温和的四季气候包容着多元文化和人群。早前大理被称为"亚洲文化的十字路口"，南方丝绸之路和茶马古道在此交汇，大理还是西南地区最重要的交通枢纽之一。

从前慢，是车、马、邮件都慢；现在慢，是习惯将脚步和心放慢。

近年，随着人们移居大理成为一种现象，越来越多的人将它视为理想国、乌托邦，但最打动人心的还是它那不疾不徐、慢而真诚的特质。人到中年，经历过快的巅峰时刻，开始享受慢的能量与节奏，就像翻越一座座山丘，忙着赶路的人不屑停下来欣赏风景，但你知道哪怕无人等候，越过山丘，便是大理。

李　婷

镇好时光（南京）文化传播有限公司 CEO

小镇生活研究所创始人

著名社群运营及文旅生活方式专家

Ⅰ

我的大理
My Dali

人物访谈
Interviews

Ⅱ

趣乐大理
Fun Dali

民宿主
B&B Owners

原来大理
The Original Dali

目录 Contents

特色菜
Local Cuisine

◆ 崇圣寺三塔　方圆音画供图

Ⅰ

我的大理
My Dali

音乐是生命
的延伸，
生活是一次
长途旅行

旅行者乐团

旅行者乐团是一个世界音乐风格的民谣乐团，其音乐带有西域游牧民族元素，将个人化的行吟与民族化的配器融合，既有冬不拉、马头琴、萨满鼓、非洲鼓等古老的乐器以及呼麦、长调等传统的吟唱方式，又颇具现代音乐的特色与美感，其旋律与乐器来自神秘的亚洲腹地，有着浓郁的游牧气质。旅行者乐团的音乐不仅体现了对现代西域音乐的诠释，更体现了对自然与生命的热爱。

◆ 旅行者乐团，从左至右依次为：吴俊德、张智、Gawa、文烽　被访者供图

I
一拍即合

  乐团的发起人、主唱、词曲作者吴俊德的音乐启蒙来自一把旧吉他。

  小学五年级时，他偶然听到动感浑厚的吉他声，瞬间被吸引。尚在懵懂期的少年不知道，世间竟有一种声音可以如此细腻多变，让人沉醉。

  此前，他对音乐的认识仅停留于乡间牧场上，家人和朋友的节日欢唱。

  此后，吉他的六根弦，轻轻拨开了小小少年心中想要探索的世界。

  在吴俊德的童年时代，音乐是风和原野的吟唱、牧场与牛羊的默契、大地与阳光的和鸣。他对音乐的淳朴认知来自辽阔的新疆原野，吉他的声音帮他打破了他与世界的最后一道屏障。

  1994 年，吴俊德组建了"舌头乐队"。第一批原班人马中，主唱是来自兰州的柳遇午，吉他手是丁健，鼓手是晓开提，而他是贝斯手。

◆ 旅行者乐团，从左至右依次为：吴俊德、文烽、张智、Gawa

* 本书漫画皆为原创，作者郑武，毕业于中央工艺美术学院，现为大理慢谷副总经理，后不再赘述。

那一年，他 22 岁。

如果说新疆独特的地理风貌是造物主对这片土地的一种恩赐，那么音乐是最好的证明。音乐人独特的"嗅觉"，使吴俊德对新疆的风物地理也有着独特的理解。这种情感来自曾深深打动他的非洲唱片，旋律中萦绕着森林、山谷、淳朴土著的原始气息，呈现出荒原的壮阔与峡谷的美妙，这与新疆纵横起伏的地貌很相似。

这种音乐中共通的异域风情，激发了他的创作灵感，从此民族特性和人文情怀慢慢进化成了他的音乐主题。

2001 年吴俊德到北京学冬不拉，开始听世界音乐，开始接触民间的曲调，包括图瓦、蒙古、哈萨克等民族的音乐，也开始弹都塔尔。慢慢的，新疆的地貌、一望无垠的自然风光便融入他的音乐曲风中。

2008 年，旅行者乐团正式成立。

旅行者乐团的音乐极具包容性，如同广阔无垠的大地一样，有着海纳百川的胸襟和气势。《太阳部落的守灵人》，是关于刀郎人的一支颇具史诗感的曲子；《额尔齐斯河之四季》，三部曲式的节奏体现了季节性的变化和与自然和鸣的状态，并且有着群雄逐鹿的豪迈感，这些都让额尔齐斯河四季的壮阔之美一览无余。

音乐是生命的延伸，生活是一次长途旅行。

‖
多元化与接地气

像很多乐团一样，旅行者乐团也经历过多次成员的更替，也与不同的音乐人有过合作，最终形成"吴俊德、张智、文烽"的核心阵容，同时又吸纳了来自内蒙古大草原的原"德乌禾乐队"核心人物 Gawa，在弹拨乐与打击乐基础上，加入了弦乐、呼麦与长调等元素，使得其音乐风格更加辽阔深远。

冬不拉与呼麦，广袤的大地与回不去的故乡，个人化的行吟与生命旅程的叩问，古老民族的声音与现代音乐潮流的碰撞，决定了其音乐以根源与内心为指引。

如果说躁动的摇滚乐是用力的表达，那么旅行者就是低声的诉说。前者体现了"不在乎"的态度，后者用包容和接纳的态度歌唱，他们的音乐也更像是旅行途中的一首长诗。

当我们提到不同音乐风格和流派的差异，以及关于快慢的表达时，旅行者给我们的答案是，更贴近自然。体现在音乐上，旅行者使用了一些少数民族的乐器，在极具民族风格的悠长的曲调中，一切都慢了下来，变得没有那么急切了。

这一切源于吴俊德曾提到的一个词：环保。

大多数人在关注城市、流行、热闹时，旅行者乐团将表达的主题放在了自然上，他们关注得更多的是与土地、风物、原野产生的情感交集。这种环保的理念从 2008 年旅行者乐团成立之初到现在的十几年时间里，始终如一。

Ⅲ
岁月的高光

在节奏越来越快的社会中，慢下来是一种奢侈。

艺术推广离不开商业，而商业讲究速度和效率。对于商业的"快"和艺术的"慢"，旅行者认为这种差异来自教育观念。

吴俊德说，教育一直处于最重要的位置，受教育的个体在生命以及价值观上存在着层次差异。市场意识到这种层次差异之后，就会相应地作出调整，那么人的审美和品位在精神层面就会迎来质变。

在艺术创作和迎合市场方面，旅行者也有着自己的思考。他们的每一首歌，都是旅行和生活的产物，他们写的和唱的都是感受，都与生命和土地息息相关，这既是艺术创作的体现，也有商业价值的考量。

2011 年，《尼勒克小镇》荣获"华语金曲奖"2011 年度十佳专辑。主办方说，这是张智、吴俊德、文烽、朱芳琼、林杰在厦门 3 天即兴创作的作品，被称为"国内首张地图民谣专辑"，个人化的行吟和民族化的配器配合得天衣无缝。

对于民谣圈来说，这是旅行者，也是民谣的高光时刻。而对于旅行者来说，这只是人生漫长旅途中的一站，虽然已经过去了 12 年。

◆ 旅行者乐团演出现场 被访者供图

IV
慢

除了民族特色和特殊的文化表达，旅行者更在乎旅途中的感知和体悟。吴俊德说过关于"土地情结"的故事。

非洲地域宽广，其太阳下山时的地平线景观与新疆的几乎别无二致，这种穿越国境线的土地情结，与音乐达成共鸣。旅行者觉得，在旅途中，音乐就是生命的延伸，而生活就是一场漫长的旅行。

这些零碎的感知和印象，似乎又与吴俊德小时候生活在维吾尔族大院里的记忆连接上了。童年的慢生活，成长中浸润的关于音乐创作的思考，加上大地情怀与文化格局，使得他们的音乐在艺术上有着更大的张力，同时，这种"慢"的态度也渐渐嵌入他们的生活。

这种轻声呢喃着的乡愁，也是旅行者名字的由来。在取名之初，他们查阅过很多资料。最终定名为"旅行者"，是因为他们觉得每个人都是地球、生命的旅行者，行走其间，就如同听到他们的音乐一样会瞬间产生广阔无垠之感。

主唱张智对于生命与土地情结曾有这样的解读：很多不同语言的歌谣都在歌颂着土地，歌颂着草原，在这样的环境里长大的人，自然而然地就会有一种情结和胸怀。广阔，是土地给予的胸怀。有广阔胸怀才能做出关于家乡的音乐，差一点儿都不行。

无论是在创作理念还是在音乐理解上，旅行者已经不拘泥于一味追求"快"的表达，也不会随着城市的发展而变得碎片化。他们所崇尚的是表达真实和唤醒自己。只有保持真实才能够做出真实的音乐；只有先把自己唤醒，感动自己，才能感动听众。

这是一个需要漫长时间且需要"慢"下来的过程。

所以，作为一个不算大众的音乐团体，旅行者已经包揽了行业内的各种荣誉——台湾恒春国际民谣音乐节、华语音乐传媒大奖颁奖晚会、首届彼岸花开·华语民谣奖颁奖典礼等音乐盛典上都有他们的身影，而他们更是活跃在玉树赈灾义演（北京）、救助病痛婴幼儿义演（大理）、有爱有光民谣之夜义演（重庆）等慈善活动中……

V
夕阳中的荒野

许多人听到张智的歌会感动，感动于那克拉玛依晚上十点石油工人头顶上的晚霞，还有的人，比如我，听到张智的歌会向往那喀纳斯山上迷人的星空——那个神秘的远方。

现在，我正在听着张智的《秋天》，这也是我和朋友们特别喜欢的一首歌。这首歌来自他的专辑《巴克图口岸》，该专辑全面展现了他创作词曲的才气。 张智的歌，聆听和研究起来都离不开地理和历史，他写过《巴尔鲁克山》，那里是 1969 年中苏边界冲突的发生地；他还写过《依奇克里克》，那里是他 5 岁以前的家；他用歌来致敬父辈，缅怀儿时那模糊的岁月。但是如果仅仅是研究地理位置和听几段故事的话，那种感动对于一个走入社会的乐迷来说也就只有短短一会儿，可其实并不止于此，他用音符召唤我们，用故事邀请我们。他写的歌从不限于那时、那地，每次听他的歌，都感觉心灵仿佛要去远方流浪了，尤其是在夜晚，仿佛夜的空气里又加入了冷气，越听头脑越清醒。

这样的一位创作人、歌者、旅行者乐团的成员，也是真正的旅行者。张智是中国第一代石油工人的孩子，从小便随着油井到处迁徙。他在上文说到的依奇克里克（也是中国第一座被废弃的油田）长大，后来做了两年美术老师，还在工会当过美工。然而，他从来没有舍弃过音乐的梦想——那融入身体和血液的兴趣。但是他的音乐经历却十分坎坷，堪称一波三折，终于他在 2012 年成为一名"最佳新人"。央视还曾经推出一档纪录片，介绍张智回到自己阔别了多年的故乡——依奇克里克。

张智答应会给我很多时间，见到他以后我才知道并相信，他说的并不是客套话。看到他如此洒脱、如此安静，除了感动，感激他的慷慨，我更羡慕他的生活状态，将心中的飞沙走石寄托于音乐之中，还可以笑得谦和，心里生花。与张智聊天，时间都会变慢。那时还是冬天，当丽江的太阳晒在身上时，我真心感受到了奢侈的闲暇，而这位充满灵性的音乐人就坐在我的对面娓娓道来。

"创作的时候我一直是快乐的，因为我的作息方式很接近自然。

"《秋天》这首歌是我来丽江的第一年写的，夜晚的雨声，就像音符一样。我和妻子、母亲住在清溪水库。孩子睡觉的气息、母亲的苍老与坚强、妻子的温和与宁静，这一切都像溪水般纯净。所有的美好，我都写在了歌曲里面。

"音乐和心灵融合之后就可以不分地域了。音乐响起的时候，每一个音符都是对真实的记录。天空之下，哪里都是音乐的家，我要做的音乐是能够敞开怀抱、沟通心灵的。

"每一个音符经过你后都有无数种发展的可能性，按照常规发展就是地面上的故事，就好像我们司空见惯的一切，你描写、你点缀，你把它做得精细，但仍然是按照常规的路子。要是没有按照常规的路子就是地面以外的故事了，你越自由，心里越没有障碍，就越能离开地面，也就越能走进人们的心灵。"

听《温暖的归途》这首歌时，我正坐在回克拉玛依的班车上。我看到夕阳中的荒野，有一种空无的喜悦，那包裹着很多情感——温暖、失落、孤独等等，它们都存在着。

◆ 旅行者乐团：音乐是生命的延伸

乐团核心成员

|吴俊德|
旅行者乐团发起人 / 主唱兼词曲创作 / 编曲 / 古典吉他手 / 冬不拉等民族乐器弹拨者

　　来自乌鲁木齐，深受中亚多元文化的洗礼，血液里流淌着辽阔的地域情怀，旅行者乐团的发起人、主唱及弹拨手。职业音乐生涯近 30 年，1984 年开始学习古典吉他，1990 年开始学习电贝斯并成为 Ibanez 中国地区代言人，同时精通多种民族乐器，视野开阔，创作、弹唱、演奏俱佳，可随时在硬核摇滚、世界音乐、民谣与自由即兴等领域自由切换。

　　2008 年组建旅行者乐团，担任主唱，负责古典吉他及弹拨乐器演奏。创作《旅行者》《只有到那时》《欲望之火》《七月的天空》《菩萨的微笑》《六月》等极具根源性又兼具时代性的音乐作品，擅长运用冬不拉、都塔尔、南箫、蒙古三弦、萨满鼓等民族乐器。已创作发行《旅行者》《七月的天空》两张个人专辑。

|张 智|
旅行者乐团主唱兼词曲创作 / 编曲 / 弹拨乐手 / 氛围采样等

　　自幼在天山南北大漠里四处迁徙，受当地多民族纯天然的艺术熏陶成长为优秀的作曲家，擅长即兴创作，早期创作大量乡村民谣和迷幻摇滚。

　　与旅行者乐团录制发行的个人原创作品专辑《尼勒克小镇》《巴克图口岸》多次获得华语音乐大奖，2019 年签约草台回声并发行概念专辑《沙与微尘》，入围华语金曲奖。多年来，个人或与旅行者累计举办了数百场独立专场演出或巡演，参与了多个国内大中型主流音乐节演出。

　　《尼勒克小镇》获得华语金曲奖 2011 年度十佳专辑，张智获最佳国语新人奖。

　　《巴克图口岸》获得阿比鹿 2013 年度最佳世界音乐专辑奖以及华语音乐传媒大奖 2013 年度十大唱片。

　　凭歌曲《沙与微尘》入围第 20 届南方音乐盛典最佳民谣艺人。

　　2014 年受邀参加台湾恒春国际民谣音乐节，同年前往美国匹兹堡图书馆卡耐基剧场演出。

部分合作音乐人

|米歇尔|
鼓手

　　来自法国，毕业于法国国立音乐学院，已有 35 年的打鼓经验。

　　在欧洲的时候，他与古巴、巴西，以及非洲的音乐家一起演出，还在爵士乐队、军乐队以及街头音乐小剧场表演。丰富的表演经历使得他在每个音乐领域都能应对自如，比如摇滚、流行、雷鬼、爵士。

　　1992 年，他在城市剧院参演了阿尔贝维尔冬奥会开幕式；2000 年在波堡参演了 Les 2000 Coups de Minuit；在爵士方面，他也和让·马克·帕多伐尼、路易斯·史卡拉维斯、马克·达科尔、丹尼尔·哈迈尔、西万尼·密切里诺合作过。

　　在中国，他参演了 2016 年摩西台湾世界音乐节，2018 年受邀来西参与表演，2020 年在中国开办自己的音乐教学公司。

∣赵伟∣
主音吉他手 / 当代中国爵士吉他演奏者 / 作曲者 / 教育者

中国最优秀的爵士音乐人之一。其演出足迹遍布世界，是炙手可热的吉他手。

参与录制旅行者乐团的《六月》《沙与微尘》等世界音乐专辑。

∣Gawa∣
音乐人

来自蒙古大草原黄金家族的年轻一代优秀音乐人，内蒙古大学呼麦演唱专业毕业，继承了草原文化的优秀基因，又拥有国际化的开放视野和探索精神，演奏与唱作俱佳，擅长弹奏马头琴，演绎呼麦、长调、和声等唱法。在他身上，你会听到马头琴变成了更开放的弦乐，且呼麦与长调完美融为一体。

∣覃伶∣
贝斯手

1992 年开始学习贝斯演奏。

1994 年组建"狂躁"乐队，活跃于各地舞台与音乐节上。

2003 年开始转型学习爵士乐，并与吉他手赵伟合作至今。

风格偏向摇滚、流行，他的技术足以让人沉迷。

∣子枫（张永稳）∣
自然音乐人 / 手作乐器者

江苏徐州人。自幼学习唢呐、笙等乐器，跟着戏班子到处跑。后来逐渐探索、研习并制作、改良多种乐器，把管乐器与打击乐器、弹拨乐器结合起来，使音乐得到更广阔的表达。

2008 年去北京，与莫西子诗组建了"两块铜皮"乐队，发行了专辑《原野》。

后结识窦唯，并合作发行了多张专辑，包括《2012 拍》《天宫图》《渭何吊》和《春分拾琴图》。

2012 年移居大理，经常与大理的音乐人交流音乐，也开始尝试个人形式的音乐表达，录制了《幻化》《涅磬》《秘境》《气流》等纯音乐。

近期开始尝试制作、改良世界各地的各种民间管乐器（杜杜克笛、班苏里笛、苏尔笛、彝族咬笛、马布、尺八等），致力于探索声音的源头与人类内在的关系。

这个酷飒的姑娘
逃离城市，
跑到大理
当了 15 年手工艺人

Coco

金工手艺人，来自广州，毕业于广州美术学院，在大理待了
15 年。她在大理床单厂艺术区开了一间名为"要物手造"的
工作室，是一个多元化的作坊，除了主要的金工制作，还发展
出编织、蓝染等工艺。

◆ Coco 有双匠人的手　方圆音画供图

◆ 独具特色的手作品牌"要物手造"

大理作为一个特立独行的存在，被贴上了"文艺"的标签，成为无数文艺青年向往的目的地之一。他们抛下一切奔向大理，逃离了城市的牢笼，在这里放飞灵魂，就像是找到了梦中的桃花源；他们有无限的时间和空间去创造和实践，于是设计师成了木匠，医生做了手艺人，程序员当起了厨子……今天我们的主角Coco，广州人，已经在大理生活了15年。

|

奔赴大理的嬉皮士少女

从Coco处得知，她原籍广东，毕业于广州美术学院，大学期间就给一些杂志和图书画插画，大二的时候开始在珠宝公司做设计，但慢慢厌倦了跟风的潮流和工厂流水线的节奏。她第一次来大理是2005年，当时还是在校学生，随着来的次数增加，慢慢便留在了这里，一直待到现在，偶尔也会外出旅居，但是她已经把根扎在了这里。

早年热爱嬉皮士文化的她，在这里结识了一群国外嬉皮士手工艺人，

◆ Coco 在工作室　方圆音画供图

他们做着皮具、金工品、编织品、木器等各种手工制品，谈论绘画、音乐，这些艺人教会了她很多手工技能，她也被这种自由创作氛围深深吸引，于是她开始移居大理，开了第一间收集各国手工艺作品的小工坊，之后发展成多元化的作坊——要物手造。

II
突破艺术次元的手艺人

作为一名优秀的手艺人，Coco 所掌握的技能总是让人忍不住赞叹，她不但精通金工，也擅长皮具制作，同时她别具一格的文身也让人一见难忘，她说她的作坊是个开放、包容的空间，金工、皮具制作、植物染和文身，这四种特色鲜明的手工艺在她的作坊里共同绽放。

虽然擅长多个领域的手工工艺，但是 Coco 却对金工情有独钟。Coco 的金工作品完全不受束缚，汲取来自大自然的灵感，充满了想象力，充满着某种野性而开放的味道，如一片叶子的脉络、掉下来的果子、吃剩的核桃仁、新上市的蘑菇、橘子皮的肌理……每当看到这些美好的事物时，她就会想到该用什么金属、什么样的制作工艺来表现它们，对于她来说，这是一个很有趣的思考过程。

采访时，Coco 向我们展示了她的最新作品，一件镶嵌着钻石的金工首饰，这块钻石有着独特的切面，让她忍不住将其加工成首饰并佩戴在身上。对于她来说，越是独一无二的东西，越是弥足珍贵，而她和她的每一件作品也像钻石一样，拥有独特的个性，闪闪发光，却并不刺眼。

手艺人是有情怀的，经由他们的巧手传承下来的工艺，经得住时间的洗礼，且历久弥新。这些一锤一锤地敲打出来的艺术品，是有余温的，透着质朴的气息。而大理正是因为有着像 Coco 这样踏踏实实做东西的手工艺人，才能让一众游客在此遇到那些让人驻足与心动的艺术品。

Ⅲ
回不去的旧时光与新气象

提及在大理经历的最美好而难忘的时光，Coco 说那当数她刚来大理时的那几年。那时的大理，是一个纯粹、平和的小镇，技艺是流通的货币，大家公平地互换技艺和亲手制作的东西，而她也正是在这种氛围之中爱上这里的。

那时候有关于大理文艺的想象还植根在咖啡馆、书店、小酒吧等从很多年以前就存在的小店里。那些在大理的文艺字典里常出现的关键词，是每天的生活，那时的人民路聚集着大批手艺人和有趣的灵魂，整个城市的氛围更自由，接近于乌托邦，游客很少，老外嬉皮士很多，而且往往身兼数职。

随着大理旅游业的发展，房租这几年也成倍增长，即使是多年扎根于人民路的代表性店铺，也有部分因高价房租只能选择搬迁。当你来到这里四处游览时，你仔细观察，很有可能会在不起眼的街角碰到那些常被写进大理游记里的小店。对于大理而言，只要这群有气质的人还在，新的"人民路"还会重新诞生。如今，最早一批来大理的人都退居到了更远的乡下，阵地不在了，但是彼此间的联系却还保留着，生活家们在圈子里依旧活跃。相比国内其他地方，大理的商业化也是最为克制的，也因此，对于身处其中的 Coco，城市的商业化进程并未给她带来较大的落差。大理的游客不乏外国人，他们的身份也从早年间的纯粹享受生活的游客，变成如今流行的 "背包客"，他们通过在大理当地兼职，赚取自己的旅游花销，身体力行地感受这座城市的魅力。

◆ Coco 在工作室　方圆音画供图

◆ 工作室一角　方圆音

IV
在大理认真地去生活

大理虽远，仍在俗世，旅游和生活是两个概念。很多人一去大理旅游，就被这里的美景诱惑了，念念不忘，最终决定在这里安家。在这里，只需要遵从内心的想法，认真生活，无须刻意地寄予更多期待，就能撇掉游客的身份，摆脱岁月带来的空虚感。

对于 Coco 来说，大理的慢节奏并非无所事事、岁月静好，而是把时间花费在美好的事物上。

如今的 Coco，因为有了自己的团队，肩上添了更多责任，每天的日程都安排得满满的，忙碌而充实，而像过去那种简单卖些手工艺品，赚点儿日常花销，就开始到处游山玩水，随心所欲的日子已经一去不复返了，而她也更喜欢现在的状态，更接近生活本真。

作为一个热爱工作、擅长艺术跨界的手艺人，除了前面提到的设计师、匠人、文身师等身份，Coco 的另外一个职业则是老师，从 10 年前

◆ 首饰作品 方圆音画供图

开始，Coco 便经常开设课堂，教授关于手工艺的知识。

Coco 所掌握的手工技艺，其实一直在变化，且她处于越来越顺其自然的状态，灵感乍现，便会转化为指尖所现。她喜欢大理这种轻松与自由的创作环境，不用迎合大众的审美，不用去做一些烂大街的款式，而这样的坚持也收获了越来越多欣赏并支持她的客户。

Coco 在课程教学前期，会教授基本工艺，后期则会根据学员的个人风格、特长、学习进度，制订不同的首饰设计制作方案。她不会限制学员的创意想法，只对他们的设计给出可行的建议和指导，让他们充分表达自己的内心所想。她所教授的技能，只是提供雕塑美好物件的可能性，学员更多的是靠自己，结合自身的感悟进行创作，塑造出真实、朴素、兼具美感，能表达自我内心的作品。

为什么要去大理？除了自由包容的氛围、艳阳高照的天气、友善单纯的民风，这里大概还是梦开始的地方。

梦田追梦，
游弋于彩云之南

蒋云磊

大理方圆音画主理人、大理国际电影展创始人、大理洱海国际音乐节的发起人之一、大理文化集散地——床单厂艺术区共建人、复古机车俱乐部的"好机友""追梦空间站站长"……他驰骋在追梦的路上，痛并享受着。他至今无法确认自己站在珠峰脚下的那一刻是梦境还是现实。大理是他和伙伴们的梦田，如果你有梦想要在大理实现，你最好认识一下这位造梦的"骑士"。

◆ 蒋云磊 被访者供图

◆ 蒋云磊：变化的年轮，不变的少年心气

I
神奇的梦旅人

　　蒋云磊是个太难写的人物，首先采访他可能就需要三天三夜，他身上的有趣故事够写一本书。因为他是个神奇的造梦人，是太多艺术家、电影人的追梦枢纽。他的头衔众多，他手头上的任意一个成功案例都足以让别人炫耀一生。可是他又那么低调，直到访谈结束我翻到他去年的朋友圈，才发现他和韩国电影大师金基德是忘年之交……我很想质问他为什么不告诉我这么有价值的故事。可随后我也想为难一下他，便问他策划了那么多场成功的大型活动，会如何策划自己女儿的成人礼。

他认真地思索着，半晌，他说，他希望自己的孩子有独立的人格、自主的精神。他希望自己孩子的成人礼是以独自旅行开始的，她能独自去看这个世界。他有可能送她去冈仁波齐，去耶路撒冷，去那些非常神奇的地方。这是他的私心，他希望孩子在精神上能和自己有一些共通之处。他有极强的行动力，想到一个有意思的地方，就立刻动身。有一次，凌晨3点，他突然想到一件事——小时候特别想去西藏，立志在30岁时一定要去一次西藏。彼时他突然发现自己已经30多岁了而这个愿望却还没有实现，于是就立刻开车上路了！到了香格里拉，要翻雪山，他就地买了两条防滑链。原本他决定要开到冈仁波齐，结果走到珠峰脚下就因为公司的事情不得已往回赶。他记得自己在珠峰脚下的绒布寺转了一大圈，里面空无一人，整个场景犹如梦境。

在大理的好处就是去哪里都近，他决定去泰国也是晚上12点和朋友聊天时，突然发现近一年哪儿也没去，觉得这样不行，于是收拾行李，拿了护照和行驶证就出发了，自驾穿越"金三角"到清迈。对他来说，从大理背包去东南亚是"家常便饭"。他笑称，滑滑板去，骑单车去，坐大巴去，开车去，总有一种方式可行。

所以，喜欢在路上的蒋云磊和朋友组织了一个"复古机车俱乐部"。他们的骑行观是，比谁骑得远，而不是比谁骑得快。闲暇的时候，大家会倾巢而出，一起骑行，一起做公益，一起去享受乡间的美景。他期待着有朝一日，自己能骑行去新疆、西藏，甚至穿越亚欧大陆。

II
在床单厂集结梦的力量

一个人背包追梦容易，集结一群人共同追梦却难于上青天。

◆ 蒋云磊和团队在电影展　被访者供图　　　　　　　　　　　　　◆ 蒋云磊和合作伙伴　被访者供图

　　蒋云磊很幸运，他几乎没有做过违背自己意愿和兴趣的事情，当然所有的选择都会有代价。出于对摇滚乐的热爱，他上中学的时候就有了组乐队的想法。可是自己并不擅长乐器，所以他主动包揽了歌词创作者、经纪人和演出组织者的工作。当时那个热情的少年可能未曾想到，当下澎湃的热情是未来全力以赴的铺垫。

　　若干年以后，他和朋友一起扛起了"2013年大理洱海国际音乐节"的大旗，做这件事纯粹出于喜欢，觉得大理就应该有一个"超级"音乐节。当时国内一线摇滚歌手和乐队都来了，许巍、何勇、黑豹乐队、天堂乐队、逃跑计划……洱海边全民健身中心的大广场上，聚集了来自世界各地的3万多名乐迷。一时间，大理沉浸在疯狂和浪漫的氛围中。而在大理的小酒馆里，则可以随时遇见周云蓬、万晓利、张玮玮等优秀的音乐人。

　　这个"大理有史以来人最多的音乐节"对于蒋云磊来说，只是逐梦的开始，他最终的目标是做电影。

　　虽然一直有很多人在大理拍摄电影，但这些电影本质上和大理并

◆ 大理国际电影展　被访者供图

没有内在联系，大理只是取景地。蒋云磊希望电影产业可以真正落户大理——大理可以有电影制片厂、产业基地、制作中心、影棚，音乐人、电影人可以在大理创作，可以多一点儿选择。在北京做后期和在大理做后期是不一样的，在大理，电影人可以喝着咖啡、看着苍山洱海，获得更多灵感，也拥有更多创作空间。所以他就提出先做电影展，为大理搭建内容平台，同时政府倡导和电影人参与，让大理的电影产业发展起来。因为大理有这样的地气和底气——大理是一片最神奇的土地，在这里你扔下任何一颗愿望的种子，只要你辛勤耕耘，大理的阳光雨露一定能让这颗种子发出芽来。

他萌生做电影展的想法也出于机缘巧合。那是一个夏日，伴着徐徐的微风，大家在公司的院子里晒着太阳，聊着梦想的话题……渐渐的，想法就成形了，这样的事在其他地方的人看来简直不可思议。但在大理，一切就这样自然而然发生了。接下来，各个有这样的初心的朋友和电影人也加入进来，支持、帮助蒋云磊将做电影展的想法落地。这一切因为大理才成立。大家都非常爱大理，希望大理能变得更有文化、更有深度。在苍山洱海边放自然纪录片，在草地上开派对和诗会，这些在本质上和大理是契合的。

蒋云磊坦诚地说，这中间也有很多困难，涉及行政审批、筹集资金等各种坎儿，但过程特别有意思。前两届影展都是他们公司承办的，第一届的资金他们出了一多半，其余的是邻居们众筹的；第二届他便拉着邻居们，有钱的出钱、有力的出力。所以他非常感谢大理，也非常感谢这群有趣的邻居——张杨导演、奚志农老师、赵渝老师等。他和邻居们还发掘了大理的文艺地标——床单厂艺术区，从而使得大理的艺术家、电影人有了一个艺术村，而他就是这个村野生的"村长"。

电影展举办了两届，2017年是第一届，效果很好，内容有艺术片、自然纪录片、民族志纪录片。大理本来就是一个文化多元的地方，苍山间、洱海畔，历史文化底蕴深厚，文艺青年会聚。三种不同类型的电影，刚好契合张杨、奚志农、赵渝三位电影人。最后电影展在业内产生了不小的影响。

2017年，平遥也举办了电影节，很多人是直接从平遥来大理参加第一届电影展的。大理优美的田园风光和自由的氛围让人感到放松和欣慰，电影展上即兴产生的很多内容也落地了，青年电影人也带来了一些项目。于是2019年蒋云磊又牵头组织了第二届电影展，得到了更多业内人士的支持。著名影评人焦雄屏是电影展的艺术总监，他特地从台湾地区赶过来亲自操刀。张杨导演则是电影展的主席，王小帅导演、刁亦男导演也来到活动现场，并推荐青年导演的电影加入展映……第一届主题是"要风"，第二届主题是"乘风"，有乘风而起的意思，因为所有人都看好这个活动，期待着以后会有第三届、第四届……可是刚举办完一个月，新冠肺炎疫情开始了，本来计划2020年举办的第三届电影展只能搁浅了。

III
金基德梦断大理

比第三届影展搁浅更让人遗憾的，可能就是韩国大师级导演金基德的突然离世。

蒋云磊说，他与金基德导演是忘年之交。2018 年，金基德导演来到云南。有一次金基德导演去床单厂艺术区，看到了大理国际电影展的巨幅海报，就让助理想方设法联系这个电影展的负责人。而蒋云磊并未在第一时间看到短信，而是在清理垃圾短信时才发现金基德导演助理的这条信息。就这样，他和金基德导演取得了联系，金基德导演非常希望来大理定居、创作，希望和他一起做新的电影，后来他们就成为非常好的朋友。当时金基德导演给了他一个剧本，是一个关于云南的故事。他也给金基德导演介绍了本土的青年导演和制片人，希望能让这个故事落地。紧接着金基德导演应他的邀请参加了云南其他的电影展，其他嘉宾都很震惊，觉得很不可思议。因为金基德导演是像日本导演北野武一样的存在，是他们共同的偶像和榜样。后来蒋云磊又邀请金基德导演参加第二届大理国际电影展，但因为签证问题没能成行……2020 年，一个噩耗震惊了全世界影迷——金基德导演意外去世了。蒋云磊回忆说，金基德导演本人非常和蔼，也非常愿意和大理的青年导演、艺术家团队合作，只可惜他永远无法呈现这部计划中的《青玉》了。

IV
大理——理想的"梦田"

提到大理，蒋云磊总是充满激情和肯定。他说大理是国际化的小城，在高速运转的大都市，生活与金钱、物质紧密相连，但在大理是不一样的，大理更有人情味。从南诏国时期到大理国时期，从彝族到白族，大理有非常独特的民族文化传承。大理很早就与中原地区往来，包括通婚、通商。从古到今，包容是大理的特点。虽然是小城，但大理拥有国际化的格局。大理适合停留、深入，一定要在这里住上一段时间，才能对其有所领悟。蒋云磊团队之前拍了一部大理的国际形象宣传片——《有一种生活叫大理》，展现了过去的大理人和新大理人的面貌、大理独特的生活方式，在官方和民间都很受欢迎。

　　蒋云磊喜欢在大理造梦。这些梦要实现可能会很难，说不定会破碎。但追梦过程中的艰辛或痛苦，对他而言都是非常珍贵的人生体验。

◆ 蒋云磊也是机车"发烧友" 被访者供图

云南马帮文化,
被遗忘的江湖故事

大董

户外旅游爱好者,在大理经营马帮户外营地,从事旅游活动。6 年前开始接触马帮文化的他,一直在思考如何让更多的人体验到纯粹又传统的马帮文化,让这些几乎"失传"的马帮江湖文化重新回到现代文明中。

 大董 被访者供图

◆ 大董：马帮里的江湖侠客

|

茶马古道的雨夜江湖

　　"我曾在野外住帐篷长达 300 天，以体感温度变化来测试这里每一天的气温变化。我们一年四季睡在雪地里都无所谓，马帮就是在路上的人。" 大董对马帮文化的这句形容，让生活在高速发展的现代社会中的我们，立刻回到历史回廊里的江湖夜雨中。

　　在云南西北横上世界屋脊的丛林之中，绵延着一条神秘的古道，我们把它称为"茶马古道"。马帮在这里走出了名垂青史的道路，写下了腾冲熠熠生辉的篇章，至今，这仍是一段令人惊心动魄的记忆。

◆ 攀登者大董　被访者供图

马帮，像民族神秘的图腾，也是一段被遗忘的江湖故事。

作为中国历史上一种延绵千年的历史存在，特别是在云南地区，马帮不仅是一种特别的交通运输方式，更在历史的长河中成为一种精神和文化。在从有文字记载以来到新中国成立前的云南交通史上，马帮就一直是其中的主角。

斗转星移，上千年过去了，现在马帮文化的传承人，以文化体验的方式让马帮的历史轨迹在当代得到延续。不同于一般的旅游体验项目，马帮文化让体验者近距离感受到，在交通不发达的年代，马帮何以传承运输和迁徙的使命；在千年历史中，他们又何以一步一个脚印地帮助人与世界建立连接。

在中国历史的长河中，比较另类的是，马帮在面对险恶且随时变化的环境时，形成了生死与共的特殊的生存方式，也形成了严格的组织和帮规，并有着自己帮内的习俗、禁忌和行话。

在武侠世界里，江湖是一群武林人士出入的地方。而马帮的江湖行走与历险渐渐成为一种文化符号。随着社会变革，马帮已经成为一道亮丽的风景线，但马帮的江湖故事却仍有回响。

◆ 露营中的大董　被访者供图

‖
坚毅与行走

　　6 年前开始接触马帮文化的大董，是一位资深户外爱好者。因受军人出身的父亲的影响，小时候大董经常跟随父亲进山。云南诸地有各类的野生菌菇，早年他通过野生菌菇与大山建立了情感联系，这是他热爱户外的起因。6 年来，大董从未停止对于户外的热爱和对马帮文化的探索。

　　在马帮文化的江湖故事里，最令人神往的是马帮的毅力和坚持，它让马帮文化有了根源，在口口相传中得以延续。虽没有发达的交通，马帮却靠着探索和坚持，书写了一代代的传奇故事。

　　云南的茶马古道，是云南各民族经济文化交流的重要渠道，也是一道美丽的风景线。茶马古道形成于公元 6 世纪后期，南起云南西双版纳傣族自治州易武镇、普洱市，经过今天的大理白族自治州、丽江市和香

◆ 大董在雪山 被访者供图

格里拉市进入西藏，直达拉萨市。有的还从西藏到达印度、尼泊尔，是古代中国一条重要的贸易渠道。

20世纪三四十年代，迤萨马帮发展到鼎盛时期，在东南亚一带也颇具影响。他们在迁徙和探索中立规传承，在翻越奇峰峻岭时守望相助，一路筚路蓝缕，走出了一条康庄大道。

地处镇沅千家寨段的茶马古道，是云南三大古道之一迤南大道的一段。这条历史悠久的茶马古道，隐藏在哀牢山的莽莽原始密林中，跨越了1500多年的历史，历经沧桑。那些青石板上的马蹄窝印记，记录了昔日滇南大道的繁荣盛景和那些关于马帮的传奇故事。

马帮行路特别艰苦，队伍中有着严苛的记录标准和制度，长幼尊卑分明，每个人分工明确，一旦行程开启，大家便各司其职。这些传统的马帮规矩，也应用到了大董的马帮户外营地项目中。来自北上广深的都市白领们，利用空余时间来到大理放松自我，有的在长时间徒步中渐渐放下心中芥蒂，也有的随着马帮旅居生活的深入，开始有了新的人生感

◆ 马帮营地的夕阳　被访者供图

悟。而大董的马帮户外营地，也让更多游客体会到马帮文化在制度和协作上的精髓。

Ⅲ
体验马帮文化

躬行 6 年马帮文化的大董，一直在思考如何让更多的人体验到纯粹又传统的马帮文化，让这些几乎"失传"的马帮江湖文化重新回到现代文明中。

在做马帮文化的这些年里，他发现来自古朴文化的感悟依然能触动人心最柔软的地方。马帮穿行于深山密林之中、沟壑纵横之地，感悟大自然的生灵，感悟绿色原野带来的生机。在更迭变幻的历史长河中，人与茶马古道紧密地联系在一起，于是不再需要询问什么，只在前行中开悟，这就是穿行茶马古道的最大魅力。

大董经营的马帮户外营地晚上会有篝火晚会，大家聚集在一起烧烤喝酒，开始夜晚的故事。谁也不会想到，传承千年的马帮江湖，会以这样的形式继续讲述着他们久远的故事。

无独有偶，体验马帮文化的人多数来自城市。城市的快节奏、现代

◆ 静坐洱海边，回味慢生活　被访者供图

人的紧绷状态，让人们越来越向往户外的放松感，解压是都市人出走的共同意愿。相较于一般的旅行路线，作为户外专家，在登山和爬雪山领域，大董更有经验，也更专业。

更让行程有扑朔迷离的江湖感的，是大董策划的徒步穿越无人区，以及跨越真正的原始森林等体验活动，人们从中可以深度感知马帮在未知环境中的艰苦生活。大董将这一切诠释为都市人的解压之旅，从逃出城市进入山野生活的角度来说，这象征着人们从"快进"的生活慢慢进入"慢"生活。

一望无际的沙漠、绿树密布的大森林，以及大自然准备的未知惊喜，都是马帮生活的站点，也是都市人找到自己，在社会的极速洪流之中慢下来的契机。如果说马帮现在还能给人带来什么，大概就是人在行走中能获取能量和感悟。人行走在天地间，自然、风物都成了伴侣。

IV
永不止步

随着城市化进程的加快，在历史中保留下来的马帮文化渐渐被边缘化，成为浩瀚历史的一角。马帮整日穿梭行走在大西南的山山水水间，

◆ 马帮营地　被访者供图

◆ 营地下午茶　被访者供图

他们日出而行，日暮而歇，由此形成了许多驿站。这些驿站又演变为人流、物流的集散中心，最终演变为市镇，如思茅、普洱、墨江、易武、大理、丽江、祥云、腾冲、保山等等。

马帮文化随着社会的更迭和城市的发展，从点到面，为人和城市织网，推动商业的繁荣。那些昔日古道上的脚步声、马背上沉甸甸的希望，在充满未知的旅途中将时间拉长、让人生放慢，也让人感受不同的文化气息。

在大理，自嘲文化程度不高的大董，以最古朴的方式和自己的坚持来推广马帮文化。云南独特的文化和大理自成气场的生活风貌，让大董越来越觉得，找到与马帮文化相契合的方式最为重要。因此，他在设计理念上放慢了脚步，放缓了时间；在体验上，让人们不用再去"赶时间"，而是慢下来享受生活、感知文化。

现在再回头诉说马帮故事，除了传承的文化与马帮的制度，还有我们生活诉求上的变化。过去马帮为了走通一条路，建立制度，不惜历经千辛万苦。这样的一群人形成了一种价值观——对生活和世界的探索永不止步。

当城市向自然妥协时，人们挣脱习以为常的"快消型"生活，开始尝试慢慢做减法。如同源远流长的马帮文化，问道引路，因循自然。而这些历经千年的历史文化，在现代的故事样板里，何尝不是另一片激荡的江湖风云呢？

一位"90后"大理小伙与他的100,000平方米多肉庄园

鲍文

大理本地小伙，1992年毕业于山东大学，从山东济南归来后，亲手打造了100,000平方米的多肉庄园，创立了民宿——木石居。

◆ 鲍文　被访者供图

◆ 鲍文：骨子里的花园情结

  云南大理，一个空气中都飘着"文艺范儿"的旅游胜地，近几年吸引了大量的人去那里定居发展。求学归来的鲍文也返回了故乡，他是一个扎根于大理、发展多肉植物特色产业的创业者。

  在他看来，多肉产业也是特色农业的一种，要想成功，没有捷径，只有脚踏实地、热爱土地，干一行爱一行，也唯有热爱可抵岁月漫长。与鲍文侃侃而谈的时光，更像是在与一位年轻朋友轻松地品饮下午茶……

生活开道，文艺加持

  鲍文给自己的定位是"农民"，他觉得在大理种田、种多肉是一件很有"文艺范儿"的事情，当然这也是他一直以来的梦想。梦想落地了，他就要考虑生活。如何生活，每个人都有自己的选择，鲍文选了最有文艺气息的生活方式。

多肉和大理，在很多人听起来或许有些风马牛不相及，但鲍文是一个行动力和执行力都非常强的人，想到就会去行动，然后尽自己所能去做到。所以一到大理，鲍文就果断租下 100,000 平方米土地种多肉，同时在洱海边上开了多肉主题民宿。

实际上，鲍文的产业和生活也正体现了大理生活的精髓。用浪漫与平和拥抱充实而柔软的慢生活，而这种生活也能为他带来经济收入，这不就是理想生活的真实写照吗？

王小波曾经说："一个人只拥有此生此世是不够的，他还应该拥有诗意的世界。"大理和多肉的组合，就是鲍文的诗意生活——走进这个世界，便抵达了另一种风景。他以自由的姿态拥抱大理，怀揣一颗热爱生活的心，精心侍弄满园的多肉，不断探索新鲜事物，结交有趣的人，沉醉在大理的旖旎景色中，而心怀整个自然。

在真正接触多肉之前，鲍文也只是一个盆栽"小白"。直到曾经偶然间买了一棵多肉，他越看越觉得这个东西挺可爱，就从一棵多肉开始，慢慢养大、养多，从喜欢逐渐变成喜爱，最后变为自己的事业。

幸运的是，鲍文一直坚持本心。对于多肉，他不只热爱，还踏实地学习和创新。刚开始的时候，他并不敢想象自己未来会种这么多的多肉，也从来不去想那些虚无缥缈的事，他只想把握当下，踏踏实实把手头的每件事先做好。在此基础上，他不间断地去学习更多的养护知识，努力提升自己。

现在，鲍文的木石居多肉庄园引进了国内外 3000 多个多肉品种，也打通了种植、批发、零售的供应链，成功转型为多肉的模块化经营模式，还根据客户要求将多肉以不同的造型呈现在各种景观设计当中，与多产业结合、共存。

◆ 鲍文和儿子　被访者供图

　　所有美的事物背后，都有追逐美的朝圣者。鲍文说，之所以起名为"木石居多肉庄园"，是因为对大自然怀有敬畏之心。大理是美丽的丰饶之地，多的是原生态自然之境，拥有涤荡心灵的灵性。木与石，都象征着孕育美好自然的原生态要素，这些多肉亦是如此，所以鲍文就将民宿命名为"木石居多肉庄园"，希望大家和自己都能够在此寻得返璞归真的理想生活。

‖
而立之年，乘风破浪

　　俗话说："三十而立，四十而不惑。"鲍文也即将迎来自己的而立之年，目前的成功，要归结于他一直以来的高度自律。心中有梦，脚步未停，一次次突破自己，持续给予自我能量，从而把握住自己的人生。

◆ 斑斓的多肉植物 被访者供图

在这条道路上，只有真正心怀热爱，才能够走向更远、更广阔的未来。鲍文做每一件事都有着自己的预判，所有成功的人"开挂"的人生背后，都少不了朝圣般的信仰和耐得住寂寞的坚持。

鲍文常说："我的人生没有后悔之说。"大学毕业时，他做的是当时最热门的电商，如果坚持，也一样可以成功。他的很多大学同窗都在国内顶尖的 IT 公司工作，也有的在国外定居，当初的少年为了理想的生活在各自的领域里打拼，多年后也有了属于自己的事业版图。

安居于大理郊区的鲍文说："我并不羡慕他们，每个人都有自己的选择，我的选择就是回归田园，而这种生活也能为我带来不错的经济收入，我很满足。"人生在不同阶段，要作出各种选择。鲍文很清楚，不管作出什么选择，只要不后悔并努力去面对困难、战胜困难，成功就不是件难事。

鲍文带着多肉来到大理，也是因为大理的自然与人文都流露出一份

◆ 多肉要有充足日晒　被访者供图

宁静。这一份宁静让每一个来到这里的人，都能找到回归本心的恬淡。将生活交给时间，用心经营，自然会浇灌出美好的未来。就像被悉心照料的每一棵多肉，不管是什么品种，都会在一点一滴的变化中，给人带来惊喜。时间因为生长而被赋予了生命的光彩，饱含更广阔的意义，人也就不再停留于表面浅显的现实利益得失的计较中，而是在更深层次的体悟中，感知心灵是否像多肉般饱满充实。

Ⅲ

天道酬勤，坚守理想

最近，大理也将迎来最美的季节。听风、观海、看日落，看阳光从

◆ 阳光下的多肉　被访者供图

厚厚的云层里射下，看山岚在苍山间升腾，这种景色想必只要是看过的人都会流连忘返、不忍离去。

之前，这些风花雪月的美好，在疫情的笼罩下，多了些许沉重。好多人也因为这场疫情，开始逃离大理，就像当初很多人因为高速运转的生活，从北上广深或者别的城市逃离至大理一样。

繁忙的城市生活和糟糕的环境，尤其是污染严重的空气，让鲍文一年内生了好几次病。身体和精神的双重不适，让他决定离开原来的城市，回到大理。

很多人选择大理是因为山好、水好、空气好，还有多元的民族文化与自由奔放的文艺氛围，大理成为人们安放"诗和远方"的梦想城邦。

疫情袭来后也有好多人"回溯"，从大理回到了原来的城市，大部分是经济原因。疫情导致旅游业几乎瘫痪，环洱海的客栈民宿大规模"自行停业"。几个月的时间内，就陆续关停了一千八百多家民宿。如果没有存款，就相当于被切断了经济来源，但生活依然要继续，现实的压力击碎了很多人的文艺梦。

"大理是个宜居的栖息地，但还是要综合考虑自己的经济因素，不能因为冲动，为了诗和远方就来了，生活除了诗意也需要柴米油盐。"鲍文感叹道。

疫情中，鲍文也受到了不小的冲击，损失很大，但他没有退缩，即使与迎面而来的困难相撞，依然靠强大的行动力走出了困境。他积极尝试直播带货，充分借助网络的便利，通过抖音和其他平台，介绍多肉的成长、培育，在直播中积攒了自己的粉丝，销售也变得水到渠成。

大理的慢生活是逃离高压负累后的悠闲，但这并不是与世隔绝的封闭，生活在这里的人依然要跟随时代的潮流，学会享受时代的红利，为自己的理想生活提供更多元的选择，不然在哪里都难觅生活的宁静，注定被淘汰。

"人都有一种天生的惰性。总想着吃最少的苦，走最短的弯路，获得最大的收益。有些事情，别人可以替你做，但无法替你感受，缺少了这一段心路历程，你即使再成功，精神的田地里依然是一片荒芜。"鲍文深知每个人都是独立的个体，谁也没办法复制别人的成功之路，所以，他从未想过要成为一夜暴富的人，始终走在属于自己的路上。在他看来，现在的自己并不能用成功来定义，自己与成功还有很大的差距。

IV

浪漫城邦，诗和远方

好多人是这样形容大理的：这里就像一个小纽约，不是外形，而是

◆ 多肉植物能温暖人心

内在气氛；这里远离紧绷的社会体制，呈现出很自由的状态；除了苍山洱海，这里还有一群有意思的人，走在街上，到处都是朋友……然而，在这种环境之下，越来越多的人来到大理，越来越多的开发商进驻大理，大理也变得越来越商业化，自然环境免不了被破坏。

大理受到更多的关注后，其商业机会和城市发展也在变得越来越好，但环境也需要每个热爱这里的人一起维护，我们来到梦想中的诗和远方，自然要学会呵护与珍惜梦想。

在鲍文的眼里，世上没有几个城市能跟大理一样，同时拥有万千风貌：丰富的商业、热闹的街市、静谧的小巷、多元的人文艺术与丰茂的自然、辽阔的湖泊并存，这里有来自中国各地的不同人群，也有移居于此落地生根的各国友人，在这座城市里的每一个角落，仿佛都有能让人细细品味的动人故事。

每天流连于带有民族特色的建筑与街巷中，一路走过画廊、咖啡厅、时尚酒吧、休闲餐厅、生活杂货店……这座不大的城市，将所有惬意的、有品位的、极度浪漫的元素都浓缩于此。在大理的节奏中，人们在不知不觉间放慢了步调，学会慢慢地走、慢慢地看，充分感受大理的"慢生活"。

每个来过大理的人，不论以何种方式选择留下或是离开，鲍文都希望，就像大理带给人们美好一样，人们也能够尽可能地保留住大理的特色，回馈给大理更多的美好——为还未见过大理的人保持美的传说，为来过大理的人留存初见时的怦然心动，为常居大理的人稳固梦的归处。

◆ 鲍文的多肉民宿 被访者供图

　　在回到大理前，鲍文的生活有时候也与很多人的一样，为假装的忙碌所迷惑，可真正需要被唤醒的热爱与享受并不会在焦躁中到来。扪心自问，我们自己是否放缓过脚步，好好关心过身边的人，用心凝视过周边的风景，仔细品味过生活的意义，认真思考过内心的真正渴求？

　　不管生活有多忙碌，人生都不应该被怠慢，生活本应美好。就像鲍

　　文与多肉的相遇，找到属于自己生活乐趣的同时，也找到了他全新的人生。人啊，只有在好好生活中才能真正治愈自己。

　　一件小事，一棵多肉，一处好地方……我们相信不论是鲍文，还是每一个对生活始终抱有热情的人，属于他们的理想慢生活注定由此展开，他们精彩的未来也终将于大理延续。

世事匆忙，
她与茶美学
互相成全

粟粟

文艺女青年。本科学习艺术设计和茶艺，后游学于新加坡。
紫芽·憬心茶苑（禅茶美学茶空间）的主理人，同时也
是云南紫芽茶文化的发起者、洱海边的民宿主人。

◆ 粟粟 方圆音画供图

◆ 粟粟：气质如茶

　　"柴米油盐酱醋茶"是生活，"琴棋书画诗酒茶"是艺术，茶是生活和艺术的中和。在洱海天域英迪格酒店二楼透着江南古风的茶吧，粟粟用她特有的柔情语调将茶生活娓娓道来，而此刻窗外洱海风景无限，与室内的雅致相得益彰，在这里弹弹古琴，泡泡茶，聊聊天，惬意妙哉，神仙生活也不过如此！

I

茶与缘分，从茶叶到茶业的蜕变

　　出身书香门第的她，从小对茶情有独钟，但真正决心以茶为主业还

◆ 喝茶已经是一种生活方式

是在凭借优异的成绩考入云南民族大学后。在那里，她认识了一位学姐，机缘巧合下也开始专攻茶修与茶学。自从与茶结缘，粟粟才逐渐领悟到，茶是一种艺术，也是一种生活方式。她不仅仅是爱上了茶，更是享受到了茶带来的乐趣。

海外留学归来后，粟粟突然跳出了舒适区，偏居一隅安心当一个茶商。她创办了紫芽文化有限公司，专注研发紫芽茶。紫芽茶是普洱茶中的一个稀有品种。她之后也陆续开发不同标准的红茶产品，并且创办了紫芽·悾心茶苑，将茶以及茶产品推向大众。为了保证产品的水准，她每天都会试茶，普洱茶虽然产于云南，但是不同产区、不同山头的茶，口感却大相径庭，甚至距离产区不远处的茶，口感也相差很多，所以，坚持试茶不仅仅是对客户负责，也是对自己的事业负责。

‖
茶与自己——以茶待己，借茶修行

"一杯茶水，平静柔和，有人能从中学会平和包容，养成坦然处世的态度。而我从一开始喜欢上的是就茶的节奏,选一款自己喜欢的茶叶,再准备齐全的茶具,最后泡出来一杯好茶,与三五知己或是自己一个人都可以喝上半天。无论是泡茶时的专注还是喝茶时的放松,对我个人来说都是减压的方式之一。"粟粟如是说。

在很多人眼中,粟粟有一种独特的美——做事干净利落、井井有条。无论大事小情,永远都有条不紊,从不惊慌失措。"每次行茶,我希望对每一片叶子都是公平的。茶汤的高境界就是平衡,每一片叶子的能量都能在茶汤中均衡地表达出来。而且我认为茶修是一种生活方式,一招一式里不仅能展现曼妙的身姿,还能让你的气韵灵动。茶修也有很多好处:修饰身姿、提升气韵,更能以茶会友、以茶交友。茶修的方式也有很多,比如系统学习茶席、冲泡、品茗……"

采访过程中,粟粟向我们介绍了日常如何泡茶、品茶、悟茶。

泡茶讲究四心:第一是等待沸水的耐心,第二是泡好茶的细心,第三是沏茶时的专心,第四则是品味其中滋味的静心。当然,每种茶都有它独特的味道:黑茶浓郁厚实,白茶清淡爽滑,黄茶清香甘甜,绿茶清新宜人,青茶变化多端,红茶醇厚甘美,花茶香浓郁美。这些都需要自己静下心来慢慢品味。至于悟茶,这就得看每个人的心境,以及所处的环境了。

Ⅲ
茶与养生——养心养性,平和从容

"自古以来,我们就有喝茶养生的传统,喝茶,不仅能让人平心静气,还能祛病,这在中医典籍里面都是早有记载的。"粟粟说,"我记得上大学选修茶艺的时候,我学了一段时间后,懂得了选茶、泡茶、品茶等一些基础知识。直到有一天,我感冒了,手脚冰凉,偶然间喝了一

◆ 泡茶　方圆音画供图　　　　　　　　◆ 茶席　方圆音画供图

杯热红茶，第二天感冒便不治而愈了。那时，我就意识到这一定跟那一杯茶有关系。后来，我翻看中医典籍，知道了红茶甘温，生热暖腹，能增强人体的抗寒能力。原来不同品种的茶都有不一样的茶气。好的茶气，会让身体得到调理、保养。其实现在与好多喝茶的人接触后，我才发现很多人的茶都喝错了，单纯根据口味和价钱来选茶、泡茶、喝茶，这样不仅不能品到好的茶味，更无法以茶养生。"

IV
茶与人生——苦是茶的真味，也是生活的真味

在茶叶价格远远超过其自身价值的今天，在随手就可在网上买到各种茶叶的时代，在各种茶饮料风靡大街小巷时，好多人都忽略了一杯茶的真正意义所在。它承载的灿烂文明，它博大精深的内涵，都值得人们平心静气，细细体会。

"常说人生如茶，人有寿数，茶亦有生命。从生到死，从枝头到杯中，是茶的一生；从死到生，从杯中到口中，是茶的涅槃。我现在将自己的人生交托于茶，在一草一木之间，纵然历经起落沉浮，我也希望能始终保持如茶一般的从容与淡定。茶，现在是我生活中不可或缺的东西。而且好茶总是先涩后甘的，生活也总是甘苦交叠的。

　　"正如我所主推的紫芽茶，新茶时像个青涩懵懂的女孩子，带着甜甜的味道和微涩的感觉，现在再来品饮，就是完全不一样的感觉。因为它和空气谈了两年恋爱，青涩褪去，滋味渐渐饱满，茶汤入口生津，下咽以后立马涌上来一股独特的紫芽香，<u>丝丝缕缕的迷人韵味</u>，是一种不动声色的撩拨，让你总想继续往下喝，这才算是经得起品鉴……人生如茶，不会苦一辈子，只会苦一阵子。苦尽甘来，才是人生的味道。"

V
茶与大理，蓦然回首如初见

　　"一句'风花雪月一古城'无法描绘出大理的全貌，除了下关的风、上关的花、苍山的雪、洱海的月和大理古城，大理还有更多风花雪月的光景，从千丝万缕的细节里给人们曼妙的体验。之所以选择来云南大理发展茶叶这项事业，是因为云南是中国茶叶原产地的中心，大理以其得天独厚的自然地理环境、十分适宜茶树生长的气候条件，孕育出极具特色与品质的茶叶。现今云南的许多茶品，如普洱茶、滇红、滇绿，早已成为国内外的畅销茶。当然，云南除了茶乡的美誉，更是著名的休闲旅游胜地。蓝天白云，无雾霾、无沙尘，多地区全年平均气温为17—25摄氏度。而在众多风景中，大理则以'苍山不墨千秋画，洱海无弦万古琴'的美誉让世人眷恋。"粟粟如是说。

　　现在，越来越多的人定居于大理，外来移民并非大理的新鲜事，自然环境的形胜和本土白族文化的独特性，使大理成为桃花源、理想国的代名词，来自世界各地的艺术家、摄影师、探险者、歌手、诗人、环保者等在周游世界之后，纷纷选择定居于大理。人多了，商业开发自然也密集起来，房地产的火爆使环洱海一线脆弱的自然与人文生态面临许多问题。

粟粟的人生信条是"越简单越自然"。和她在一起能感受到她的浪漫乐观。在谈到大理的未来时，她也一直认为大理还是和每一种茶一样，都有它本身的魅力和自然生长的规律，即便是有商业化的痕迹也无法磨灭其本身的独特性。姑且不追溯历史人文，就光大理的地理风貌，其风景区和生活区融合在一起的特点，就使大理显得如此的独一无二。

粟粟说："爱大理的人，有爱山水的，有爱气质的……如今的大理，质疑与赞扬两种声音并存，有的人担心她会变样，有的人觉得她不再有魅力了。我觉得，一直以来大理的精髓便是对多元文化的包容，我们就是因为爱她才来的。当然，我作为大理的居民之一，留在这边发展我的事业，爱她的文化，爱她的自然，爱她的赠予，自然也要守护她！"

与时间为友，
让珠玉之美
重焕光彩

张未

云南昆明人，世界珠玉文化艺术的领航者。同时，他亦是国际
工艺美术大师、中国传统工艺大师、非遗（首饰）技艺传承师。
他的作品融合了古今中外 500 余种珠玉文化体系、万余种材质，
他以深厚的美学功底及独一无二的极致设计，赋予了无数稀有
珠玉不可复制的崭新生命力。

◆ 张未 被访者供图

◆ 张未：每件珠玉作品都有自己的灵魂

　　2011 年，在大理巍山的一座古宅里，一颗玲珑剔透的明朝琉璃珠，偶然进入了张未的世界，这颗闪耀着历史光华与时间之美的珠子，让张未震撼不已。他的生活，也像散落一地的珠玉，经由此刻将历史与今天串联，跋涉在通往古老文明的新章里，散发出独特的文化魅力与人文光芒。

I

珠玉与文明

　　时间是一种神奇的介质，它的流逝让历史得以形成，让文明成为可能。但时间的流速也许并不均匀，有时它很慢，如伴随人类从荒蛮走向文明的时间，就以万年为单位。在此期间，耐心是被赞扬的，所以在文明缓缓前行之时，人以自身为坐标，以自然万物为灵感，创造出与时间比肩的永恒——珠玉文化，它也是人类文明中最璀璨闪耀的部分之一。

珠玉是历史悠久的古代工艺品，它的出现可追溯至 10 万年之前，在连神话都还未出现的时代里，人类就已学会把贝壳磨成珠子作为项链佩戴。古人认为玉石是天地的造化产物，是能通神的灵物，于是由玉石制作而成的珠玉文玩，被赋予了文明、信仰、礼义、王权等深层含义。

从"和氏之璧，隋侯之珠"的传说，到古代天子冕旒上垂悬的白玉珠，再到《红楼梦》中宝钗手腕上的"红麝串"，10 万年间，珠玉与人类相伴相随，珠玉文化也流传至今。

II
顶戴花翎

张未出生在昆明，他的父亲是中国最早一代的地质学者，小时候家里就为来自世界各地的珍稀古生物化石、宝玉、奇石、根艺等所充斥，家庭与环境的熏陶，加上热爱艺术的天性，让他自童年起就有机会感知瑰丽的珍宝世界，长大后对工艺美术的追求也顺理成章地成为张未的人生选择。

美好的事物需要沉淀，时间流逝才有意义。

2013 年，带着多年来积累的财富和人生阅历，张未正式将对珠玉文化的热爱与痴迷变为自己的终身职业，立志将毕生的珠玉知识与经验，转化为艺术创造，让那些凝固在时光中的珠玉在世人眼中重新变得流光溢彩。

2017 年，张未创立顶戴花翎人文艺术系统。"顶戴花翎"的珠玉

◆ 张未在拉萨 被访者供图

佩饰集合了中国各朝代多民族的珠玉文化精粹，每一件均由张未设计，置于琉璃柜中，辅以风化老木的底座，愈发衬托出这些多彩珠串的明媚动人。珍稀的玉石、独一无二的设计，让张未在西藏、云南等地尤其受人尊敬。有人说，这些物件是中华民族吐出的丝，"顶戴花翎"把它们织成了一片云锦，像是东方文化的一场复兴。

珠玉是有灵气的，总是吸引与它们气质相合的人，著名舞蹈家杨丽萍女士与中国国民党前主席洪秀柱都倾心于"顶戴花翎"。

这个带有浓郁民族文化品牌的诞生，源于张未对家乡和传统文化的热爱，而"顶戴花翎"其名，正是来源于清朝的冠饰文化。顶戴花翎不仅是权力，更是中国宫廷文化的象征，承载了为国为民的家国情怀，也颇符合张未作为艺术家的抱负与理想。

正如《庄子·天下》所说："不累于俗，不饰于物，不苟于人，不忮于众，愿天下之安宁，以活民命，人我之养，毕足而止，以此白心。"

Ⅲ
使命和归宿

张未与大理的缘分，从巍山开始，但在大理遇到的爱人和一系列因缘际会，让他决定留在这里，用余生感受苍山洱海的温柔眷顾。大理的天时地利与四时变幻更为他带来无尽的创作热情，"顶戴花翎"的风花雪月、甲马等系列的灵感就来自大理的风土人情。

"我现在定居在大理，在大理找创作灵感，想创作出一些大理地标性的东西，并用大理本土文化来命名。手艺传承人除了会传统的东西，还需要有创新意识和深刻的见解，需要把多种文化体系融合在一起。"

作为网红城市，大理浓墨重彩的自然景观、厚重深沉的历史底蕴、浪漫诗意的民族风情吸引了国内外大量的文人墨客，但它又像处于这一切热闹之外，依然保留了自身的生活节奏，时间在这里的流速，是相对缓慢的，这对张未来说，正是珠玉文化推广创新的最合适的地方。

创造是思想与技艺的沉淀，在速度至上的现代社会，大概只有大理的慢，才能成全他随性空灵的节奏。

如同所有的艺术家，张未也同样需要面临情怀与商业的平衡，但这好像并没有困扰到他，他始终强调自己是名手艺人，而不是艺术家，他真正要做的，不是流通物，而是艺术藏品。

他说："做一个本分的手艺人，才是我的使命和归宿，我愿意用毕生的精力，去造就一个珠玉博藏馆。这并不同于珠宝收藏，也许对于珠宝鉴定商而言，可以从珠玉的品相、年份、克数等方面去界定价格，但是，如何给艺术品定价？一幅画作，它的颜料、画布、画板都是有价的，但艺术作品的真正价值，是它所带来的震撼心灵的审美享受，这是无价的。"

在张未眼里，艺术之所以是艺术，是因为宽广的包容和特立独行的创造之间的冲突，艺术作品的价值并不体现在它被标注的价格上，而在于创造出尊重常识的意外，和可遇而不可求的独一无二的灵魂与气韵。

如果说张未手中的那些奇珍异宝是罕见食材，那他自己就是那一小勺盐。在作品中能感受到他似乎并不囿于自己的风格和形式，因为盐最后一定是与食材融为一体的，就像他的设计和珠玉的秉性。他留下的已不仅是某种作品和风格，更是一种不灭的匠人精神。

IV
匠人的朝圣之旅

匠人精神本就源于中国，匠人精神是中国人面对艺术创造最好的态度。

有一流的心性，才会有一流的技术，对于创造来说，一流的匠人的人品比技术更重要，只有对自我严苛要求才能成为一流的匠人。一个人只有有了匠人的德行和精神，才能走得更高更远。

一个人不论伟大还是平凡，只要顺应天性，找到真正喜欢的事，做到尽善尽美，他在世间就有了牢不可破的家园。这样，他不但会有足够的勇气去承受外界的压力，也会有足够的清醒来面对形形色色的诱惑。

匠人，就是面对诱惑时能守住内心信仰的人。

在快的时代，坚持自己的慢，很多人认为这是偏执、古板、守旧，但对张未来说，虽然时代已经向前走了很远，古人的艺术创造仍能给予我们今日的生活以不可估量的灵感，在那个古老的世界里，有他毕生追寻的精神家园。

他要做的是打破匠人精神里原本存在的艺术桎梏、思想壁垒和创作瓶颈，打破古与今的时空隔阂，传承植根于多元文化的新传统，让已经伴随人类走过几万年却始终佩戴在身上的珠玉文化，转变为一种新的民族语言与文化美学。

这将是一场漫长而无声的朝圣之旅，希望张未在他可期望的未来里，抵达他理想的彼岸。他说："我们正在做的，是一件改变生活、创造美的事，让我们慢慢来。"

用心雕琢
生活的
每一个细节

Jonathan

出生于法国的"90后",在北京从事绘画设计师工作 2 年;
现从事插画师工作,绘画的主题多为大理的风俗、人文、
四季等,在大理定居已有 5 年。

◆ Jonathan 被访者供图

◆ Jonathan：在插画中感受童心

我归来了
从饱经忧患的
岁月
安享哪怕
生活的片刻
欢悦
觅得一块干净的
土地

——《流浪者》

◆ Jonathan 展示作品 被访者供图

每一次出走都注定了下一次相遇

人与人的每一次相遇，都源自人生的一次次出走。

这次相遇的两位主人公沿着各自出走的线路，在命运的交叉点完美邂逅，谱写了一段令人惊叹的浪漫故事。

他，Jonathan Sauve（以下简称 JOHN），1990 年出生于法国布列塔尼，从小就喜欢各种"出走"。青少年时期热爱足球与音乐的他，却在大学里选择了攻读绘画设计专业。大三之后，怀揣着"世界太大，我想去看看"的念头，他于 2011 年毅然决然地休学，开启了全新的旅居生活。

JOHN 以法国作为出走世界的起点，选择了充满冒险色彩的徒步搭车之旅。历时 6 个月，他终于抵达澳大利亚。也正是这段旅程，让 JOHN 开始了用画画记录自己探索与冒险的点滴，也为他的未来选择埋下了精彩的伏笔。

在澳大利亚旅居一年后的 JOHN，再次踏上冒险的征程，这次的目的地是亚洲。这里，除了有可以预见的更多惊奇，还有出乎他意料的

◆ Jonathan 作品　被访者供图

美丽邂逅。

　　而她，中国姑娘小白，出走的线路比起 JOHN 的冒险就直白了很多。那时，还在从事房地产策划工作的小白，每天都处于高速运转的工作状态。因此，一有机会她就逃出北京，飞去各地旅行，放松身心。

　　2013 年年初，踏上去往泰国的旅途的他和她，终于在人生轴线的交叉点相遇了。他们一起在东南亚游逛了 3 个月，回到中国后，先到了云南，从西双版纳到大理，从大理到北京，最后携手定居于此。

　　恋爱、结婚，生子……所有有关爱情的美好，就这样自然而然地发生了。而这些并不是故事的结局，而是幸福的开篇。

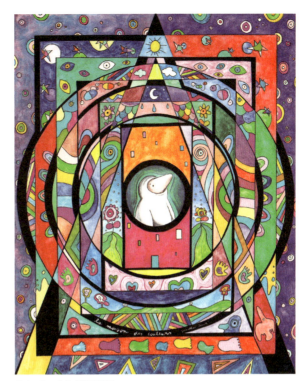

◆ Jonathan 作品　被访者供图

‖
出走大理，尘埃落定

　　来到北京的 JOHN，拾起了自己的绘画设计专业，以设计师的身份在北京与小白生活了两年多。在快节奏生活的挤压下，他们却越来越找不到生活的诗意。

　　两人不约而同地想起了曾经在大理短暂旅行的 10 天。大理的自然风光、人文氛围、生活节奏，还有不少志趣相投的友人，都给 JOHN 留下了深深的印象。

　　两人一拍即合，决定逃离北京，出走到大理。2015 年处理完北京的各项事务后，JOHN 和小白飞快地来到大理，开启了极具大理特色的小院慢生活。

如今，已经在大理定居5年多的他们，住在一个令人艳羡的具有本土特色的小院里。据说这座实木小院，已经有近百年的历史。里面的木头上的纹路都印刻着特有的时间属性。每一件物品上，每一寸肌理中，都收纳着岁月的风雨，凝聚着智慧的力量，吸引着走近它的人在此安居乐业。

　　曾经总爱"出走"的两人，在大理生活之后，变得越来越"宅"。

　　慢，成为每一个置身于大理的人独有的节奏。每天早起，散步，逛菜市，打扫小院，拔草，修剪树枝，生火做饭，侍弄花草……以往觉得过于琐碎的生活，在大理慢下来之后，都变成值得细细品味的瑰宝。

　　JOHN将曾经的旅行绘本整理成册，并开始在大理采风，潜心绘画，创造出充满奇幻色彩的"神奇小人"和更多富有想象力的作品，成为大理一名街头原创插画师。

　　小白作为JOHN生活上的伴侣和事业上的帮手，发掘了服装设计的兴趣，将JOHN的原创绘画元素运用到服饰中。夫妻联手在这座古朴的大理小院里创造着生活的无限新意，也享受着生活的温柔恬静。

　　"在大理这个地方，人跟人之间的关系很静，就像我们小时候，小孩子也是放学后，到处混饭吃，我经常拖着我儿子走到哪里，闻着饭香就去吃，所以我们挺喜欢大理的，这里有生活本来应该有的样子。" 小白和JOHN相视一笑，满眼欢喜。

Ⅲ
在云朵里睡觉

　　从21岁到25岁的JOHN，一直在地球四处"流浪"。世界为他打开了一扇又一扇的门，他遇见了一群又一群有趣的人，之后他短暂停留，继续出发。那段时间，他画完了一本又一本的旅行日记，这些也成为他后来认真画画的契机，尽管初衷大概只是为了在秃顶发福后有些可以向子孙炫耀的证据。

25 岁以后的 JOHN 和妻子小白、孩子一同留在了大理，向外出发、攻城略地的脚步停下之后，他开始向内探索内心的世界，在大理的平静自由之下，创作出许多奇幻又缤纷的作品。

他的画作色彩丰富而强烈，象征着大理色彩鲜明的四季。JOHN 说他相信自然里某些能量的存在，它们注视着人间，偶有幸运，能得到它们的帮助，所以有些时候就会发生"不知怎的突然就生出一股力气来"的情形。画得多了，JOHN 觉得自己的某些能量也聚集成了一个小人，可以带着他去那些身体不能去到的远方和神秘所在。

这也就是 2018 年 10 月《自由啦！》插画的诞生由来。此前，他断断续续在一些真实的照片里画一些穿着白袍子的神奇小人并发在朋友圈。那些小人天真自由，他们在云朵里睡觉，在电线上玩耍，在树上眺望远方。

◆ Jonathan 和儿子、女儿 被访者供图

◆ Jonathan 妻子烘焙的面包　被访者供图　　　　◆ Jonathan 妻子自制的果酱　被访者供图

　　他的神奇小人、他的画，是他的梦境，是他的旅途，是他的问题，也是他最好的倾诉和回答。JOHN 描绘的每一幅画作，都是时间流动的片段，它们连成一片，编织出他在大理色彩斑斓的人生梦境——所有向前奔赴的脚步以同样的方式欢快地抵达未来。

　　近期，JOHN 忙于新画册的创作整理，绘画的主题也多是云南的风俗、人文、街巷、四季等。谈到对未来的期待，JOHN 也说出自己实在的梦想："其实就和现在的生活差不多，继续写书、画画、住在大理就可以了，已经很好了。现在的生活很安静、很简单，跟在上海、北京的生活比，跟以前的生活比。我就喜欢这样。"

IV

慢

　　"在路过而不进城的人眼里，城市是一种模样；在困守于城里而不出来的人眼里，她又是另一种模样；人们初次抵达的时候，城市是一种模样，而永远离别的时候，她又是另一种模样。"伊塔洛·卡尔维诺《看不见的城市》中的这段描写，与大理给人们的感觉如出一辙。

大理以其被大众感知的深浅面貌，带来多维度的生活方式，从而给予人们潜移默化的改变。期然的与不期然的就在"慢"里生出来，然后再回应我们。人们总是轻易忽视身边的事物，司空见惯的日常底下其实藏了许多惊喜。

时间在大理不再是庞大的、虚无的，慢慢深吸一口气，清新的空气抚平了略微急促的喘息。恬淡的午后，树梢的蝉鸣，翻书的清脆声，温一壶茶水，他们听着孩子睡着后的轻轻的鼾声，生活变得清明透彻起来。

以前小白总是觉得自己很暴躁，淹没在纷繁的物欲里，忘记了自己最本真的渴求。来到大理之后，她的内心也慢慢归于宁静，时间一点一滴地滑过，心底的每一寸都被流淌着的喜悦和自足填满。

下雨天，水滴顺着屋檐落下，他们看着院子里的花木、瓜果被洗刷一新，在书房摊开几张纸，支起画架，轻轻描绘——或是雨中的街巷，或是院里的小猫，或是酣睡的孩子，寥寥几笔，清晰地描绘出当下惬意生活的细枝末节。

慢，让JOHN和小白有足够的时间去做好自己想做的每一件事情。内心平和，不急不躁，有足够的时间去观察身边那些曾被忽略的司空见惯的事物，有足够的热情去了解隐于寻常背后的小故事，有足够的耐心去捕捉时间流过大理的清浅印记。

◆ 夫妻俩与儿子

吾心归处，
应知此味是故乡

赵红菊

大理海燕餐饮管理有限公司董事长，其主理的海燕饭店
已有 40 多年历史，也是大理当地白族美食的翘楚。

◆ 赵红菊　被访者供图

◆ 赵红菊：故乡味里有故乡情

　　如果，想到大理不只是想到烟雨里的白墙青瓦，不只是想到古城门围起的尘世之上的生活，还会想到一种味道的话，我觉得那味道该是不咸不淡的，正如一勺盐和一匙糖，都是不可多得的恰好。

　　早上六点，阳光缓缓行走在古城的方砖之上，从古老的梦境走到每一天的清晨，把小城从沉睡中唤醒，这里是不被忘记的远方。

|
味道是一种容器

　　大理既有源远流长的历史文化，又极富青春时尚的现代气息。苍山洱海、南诏古迹、佛教名山、丝绸古道……风、花、雪、月四景驰名中外。

◆ 海燕饭店员工亲密得如同一家人　被访者供图

这里地势错综，物产丰茂，高山、平坝、湖泊的立体地势和温和的气候为大理孕育出发达的畜牧业、农业、林业和渔业，丰富的食材使这里成为名副其实的美食"富矿区"。

中华美食文化源远流长，在幅员辽阔的陆地，食物历经数千年的流变，伴随人类迁徙的脚步，见证分离与重聚，已经不只是民族生活的鲜活记录，亦是区别于文字的民族历史。

人存于世间，均需一蔬一饭。佛说一花一世界，食物不只为身体提供维持生命所必需的营养物质，亦像是一幅生命拼图，为一个人的生活与存在提供可解读的背景与空间。美食背后是故乡，因为味道是一种容器，能盛放记忆，也能盛放情感，让一个人拥有不被摧毁的精神故乡。

"仓廪实而知礼节，衣食足而知荣辱"，饮食文化有着广泛的社会

◆ 海燕饭店的大理特色菜 被访者供图

属性，作为历史悠久的茶马古道枢纽和多民族杂居地，大理天然地具有多元化的生活环境，亦有着区别于中原的丰盛灿烂的美食形态。大理亦是全国唯一的白族自治州，占当地少数民族总人口约 65% 的白族人民，长于烹饪，其烹调方式多种多样。白族菜具有特色鲜明的民族印记，也是近些年来渐成体系的"滇菜"的重要组成部分，拓宽了大理的美食版图。

白族菜名声在外，吸引了来自天南海北的食客，而海燕饭店，就在大理的阳光下，以最正宗的白族美食，抚慰他们的胃，安放飘荡多时的游子关于食物的乡愁。

II
40 多年不变的人间烟火

阳春三月，繁花盛放，春色叩响门窗。海燕饭店又开始了新一年的忙碌，作为大理当地名声在外的白族特色饭店，这里总是被热情的食客包围。

尽管随着大理声名鹊起，各式网红餐厅遍地开花，各显神通，招揽顾客，在他们光鲜亮丽的外表衬托下，海燕饭店显得朴实而平凡，但这些外在光环的加持也并未让他们比海燕饭店赢得更多赞誉与认可。在花枝招展的同行面前，海燕饭店带着生长于大地之上的质朴与亲切，用饱含温暖的食物魔法，不只带来了味觉的盛宴，更抚平了食客心中的惆怅。

千百年来，白族在大理这片土地上繁衍生息，随之亦产生了品种丰富、独具风格的菜肴，形成了具有民族特色的饮食习俗。从南诏、大理国时期到明清时期，大理白族饮食文化自身的特点一直在传承延续，不断丰富，与此同时又与汉族及其他民族相互交流、融合，不断地继承、变化和向前发展，经过世代流传，积淀了深厚的饮食文化底蕴，表现出在饮食文化上的纵向延续和横向包容。

◆ 海燕饭店快乐的厨师们 被访者供图

　　澄如明镜的洱海中、浩瀚的水波下，游弋着丰富的虾、青鱼等水产；丰富的森林资源，直接为野生菌、蕨菜、木耳等食材的生长提供了天然温室。生长在不同的环境下的食物口感也不尽相同，大自然丰厚的犒赏，为海燕饭店提供了美味的食物来源，选取大理当地生长的顶级食材，烹饪最正宗的白族美味：酸辣鱼、下关砂锅鱼、冻鱼、苍山泉水鱼。

　　去过苍山洱海胜景的游客，多半尝过三道茶、炸乳扇、苍山泉水鱼，其实这些只是白族美食的皮毛。再普通的食材，经了白族人的手，上了桌就是一道无与伦比的美味。在海燕饭店，食物的味道更胜一筹，这里厨师的妙手能让各类食材呈现出各美其美、美美与共的丰富滋味。

　　地道的白族人才能把控最具传统特色的白族风味，海燕饭店的创始人杨奶奶生长于洱海边的海印村，祖祖辈辈靠打鱼为生，每当太阳落山时，渔民们就生火煮鱼，烹饪鱼是白族人的看家本领。

1982 年，海燕饭店就诞生于这浓郁的人间烟火气之中。杨奶奶开饭店既是为了照顾家里，周全生活，同时也希望这家小店让起早贪黑的渔民老乡在风雨寒暑中都能吃到一碗热腾腾的饵丝。这种质朴的情感，正如白族烹饪食物的方式，简单而纯粹。杨奶奶从父亲那里继承了做菜的好手艺，可以通过最简单的烹饪方式还原最纯真的美味，砂锅泥鳅、酸辣鱼、生皮、大理人最爱的舌尖滋味都在她手下活色生香。慢慢的，海燕饭店在当地拥有了知名度，人与饭店一起经历时间的流逝，到今天，海燕饭店已经成为拥有 40 多年历史的老字号，也是大理当地白族美食的翘楚。

杨奶奶除了拥有做菜的天赋，更是严苛挑剔的美食家，据说因为信任她对食材的严要求高标准，她在哪家采购食材，哪家的食材就会被大家抢购一空，因为杨奶奶买的就一定是最好的。这在当地被传为美谈，也让海燕饭店在创立之初，就赢得了良好的口碑。

走过时间，在某种意义上就是战胜了时间。现在的海燕饭店，在杨奶奶女儿的手中焕发出了新的生命力，除了坚持品质与诚信，他们更致力于在传统之上加以创新，除了保留海燕饭店的特色招牌，也从时代更迭中汲取新的灵感，未来也将在装潢与菜的品类上，进行改进与创造，打造具有活力、特色与人情味的海燕饭店。

生活在大理的白族人民，依然保留着勤劳善良、热情好客的天性。对海燕饭店来说，要成为能战胜时间的餐饮品牌，品质很重要，对人的关怀也同样重要。

老字号的海燕饭店，几十年不变的除了招牌菜，更有对人的长情与关怀，从海燕饭店创立之时就陪伴着一路走来的人，今天依然与海燕饭店有着紧密的联系。饭店的服务员，很多已经待了十几年，他们与饭店之间已经超越了雇主与员工的关系，而成为家人一般同甘共苦的存在。白族人的淳朴与敦厚，也不断温暖着每一个到此寻求慰藉的异乡人。

柴米油盐也是一种成长与修行，食物中蕴含着大千世界，烹饪里也藏着宇宙乾坤。海燕饭店的砂锅泥鳅传承了20余年，在大理当地，已经成为食客老饕们吃泥鳅的第一选择。

饭店用的砂锅有两种，一种是祥云土锅，另一种是中甸尼西砂锅，均采用天然土陶，使用传统工艺制作而成。两种锅都具有通气性和吸附性强、传热均匀、散热慢等特点，这使得烹饪过程中加热均衡而持久，利于水分子与食物的相互渗透，时间越长汤的滋味就越鲜醇。砂锅泥鳅如今已经成为大理白族美食的代表之一，来大理游玩的人，都不应该错过这带着苍山洱海气息的美味，而正宗的白族口味非海燕饭店的一众美食莫属。

乘着互联网发展和大理旅游盛行的东风，海燕饭店的名声近年来更多地为游客所知，更多食客慕名而来，期待在这里与独特的美食相遇，而海燕饭店也未让他们失望。从第一家店到如今，生长于此的亲切，让食物隔着时间，传递乡愁与依恋，食客尝在口中的不只是盐的味道、山的味道、风的味道、阳光的味道，也是时间的味道。

从春到冬，四季是完满的轮回，海燕饭店就坐落在这山水之中，依然保留着淳朴的外观，一如40多年前。食物是大地的美好馈赠，烹饪是人类驯化食物的神奇方式，食物也是一种符号，与风景和文化相比，能更加直接地刺激人们从内心深处生发出的深刻的感触。食物能盛放记忆，让遗忘的被再次记起，让美好的被永远铭记。

Ⅲ
美食构建的美好国度

光影变化间，大理有着不逊于江南水乡的风情，是一个很适合发呆的地方。这里没有大城市的快节奏，没有大城市的拥堵，有的只是慵懒的阳光和慢节奏的生活，在这里，时光不自觉地慢了下来。

海燕饭店经过 40 多年的努力与拓展，现已发展了 3 家分店，通过一点点积累并不断创新，用"风花雪月"的白族美食，将大理这座城市的印迹铭刻于人们心中。

蔡澜说，好好吃饭是头等大事。但在忙碌的城市里，一日三餐，我们忘记了食物，疏忽了味道，甚至都忽略了身边坐着的人，可供我们选择的食物越来越多，但吃饭的速度却越来越快。大理苍山上飘有玉带云，洱海上空每天上演不重样的晚霞秀，这里是生活的乐土，人们会在静谧之中感受时间的流动。用食物留住记忆，也就留住了时间。大理流传着很多故事，填满了历史与现在的每一个细节，而海燕饭店在这个一切都在快速迭代，充满不确定性的世界里，拥有不被时代洪流裹挟的笃定，构建出关于食物的美好国度，令人感觉温暖而安心。

我在大理
寻找生活的
另一种可能

程昌

《时尚芭莎》《瑞丽》《昕薇》等杂志的特约摄影师，"80后"，现旅居于大理。大理是程昌为自己选择的人生新起点。本来他是打算放弃摄影的，后来发现以自己的个性，开店赚不了钱，因此一边开店一边重新拿起相机，拍下了《大理十二时辰》《云裳》等美图。

◆ 程昌 方圆音画供图

◆ 程昌：摄影是光与影的艺术

I
定格栖息之地

　　大理令人向往，它在程昌的描述中有了另外一层浪漫色彩，让人不禁想到《罗马假日》里那位跌跌撞撞的公主在街头偶遇白马王子之后一天的浪漫假期。没有拿相机的程昌，在说自己和大理的故事时，似乎有一张张饱含色彩的关于大理的照片，跃然眼前。

　　几乎和所有人最初来到大理的轨迹一样，9年前，程昌卖掉了车子和一些家当来到大理生活。从小就对摄影比较敏感的程昌，在三十而立时也迎来了人生岔路口的选择。事业转型、生活价值趋向以及思考自己到底要怎样的生活，这些对于未来出路的质疑和矛盾萦绕着他，直到一

◆ 在大自然中的人们最放松

次偶然的大理之行才得以止息。

最终,程昌决定处理掉一些资产来大理定居。大理的独特魔力,让众多有着文艺情怀的艺术家纷纷到访于此,他们的目标都很单纯,离开都市到大理过着世外生活,也像武侠小说里写的那样,两袖清风退出江湖。

在程昌的想象中,他可以在人民路开个小店,不一定要做摄影。他也可以在古朴的街道贩卖艺术情怀,和同道中人叙谈多变人生。这样的生活可能不是他的终点,却是他现阶段的需求。比起隐居的说法,大理对于程昌来说更多的是一片栖息之地,祥和且舒适。

II
《大理十二时辰》

摄影对于程昌来说似乎是一种传承。他的父亲也是摄影师,从小在胶片环境中长大的程昌对于摄影有自己的理解。父亲拍照的样子、母亲

◆ 程昌在寻光农场 方圆音画供图

长满老茧的手，都形成了特殊记忆，被封印在胶片中，历历在目。

作为从摄影师家庭走出来的摄影师，在如何看待世界上，程昌还是保持着自己的方式。尽管在 30 岁那年有过关于事业和生活的矛盾，即便定居大理也并不意味着按下暂停键，程昌对于生活还是充满好奇和热爱的。在他的镜头中，人物、景色、自然都有着别样的光影刻度和表现方式。离开了摄影的固化语言，程昌没有向时间妥协，依然对摄影保持着高度热忱与热爱。

在 2019 年发布的《大理十二时辰》主题摄影作品中，程昌精准地捕捉到了大理不同时间段的美。无论是人文写实还是景色特写，在过往大理的相关摄影作品中有很多同类型的。《大理十二时辰》不同于众多带有大理特色的摄影作品，它跳过了传统风物的主题特写，选择从意识形态上记录大理在不同时间段的变化。程昌为了这个作品，历时数月，在光影和气候最合适的时候用相机定格大理时间。

在对于摄影的理解和探索上，程昌从没有偷懒。

Ⅲ
在慢中挖掘更深层次的美学

无论是地理人文还是人像结构，程昌很多作品的风格是解构现实又脱离现实的。在记录地理风貌的作品中，他倾向于表现地缘的辽阔，无论用何种角度，都颇有大气磅礴之势，厚重的历史感扑面而来。而在人像维度里，他注重表现人物的严肃感和自由感，没有束缚和拘谨，镜头捕捉的人物更多表现出一种极其轻松的无意识的状态。所以程昌的人像有时候看起来并不像摄影作品，而是人的某种状态的体现。

这种摄影视角和态度也融入了他在大理的生活当中。抛开技巧谈摄影，程昌更相信一个好的摄影师也是一个生活设计师。他在谈美学设计的时候，从生活洞察角度出发，聚焦人物在空间中的自然感，至于佩戴什么戒指、什么手表，以及口红的色号等等，在设计上如何搭配都只是工具化的存在，他更加关注摄影所表达的主题如何展现，而不是冷冰冰的好看。

在大理的日子，程昌放弃了都市的快节奏，在慢生活中体会不一样的生活姿态。这种悠闲感让他有时间开始从摄影美学的角度思考审美艺术，比如更年轻的"95后"和"00后"在拍照上追求美颜相机带来的美感，享受社交属性带来的虚荣体验。而整个审美体系已经过于标准化，算法已经可以设计出各种各样的美感。

从拿起相机的那一刻起，在程昌的摄影语言中，审美本来就是多样化的，人们靠自己的认知获取的审美观，也会因为认知迭代导致审美迭代。

大理随处可见的网红打卡点，其审美过于单一，在观念和体系上已经被驯化了。即便一些独立摄影师来大理之后，在网红景区出的片的效果也非常网红化。现在只要在洱海走一圈，所见之处都是在同样的地方以同样的机位加以拍摄，除了人不同，出片效果和美颜效果几乎一样。

大理，也渐渐成为一种网红热潮追逐的存在。虽然如此，大理也为年轻人提供了关于自由生活的想象的多种可能，即便大家拍出来的照片是千篇一律的。

IV
被摄影耽误的历史学家

网红审美在程昌看来是正常的，也是必然会存在的现象。程昌说到很多摄影之外的观点。因为比较喜欢历史和政治，程昌从整个历史体系的发展和走势看，认为这些媚俗的部分是必须存在的，其在整体社会发展过程中，也是必不可少的一环。

其实从独立摄影这个角度来说，程昌觉得当下的社会结构还是比较自由的。按照他的话来说，我们现在可以做这个，也可以做那个，在一个城市有更多可能的选择。

可能摄影师对美的事物比较敏感，进而影响到其思想体系的建设。程昌在解构这些时引入了自己的知识体系，很难想象一个专注于拍照的摄影师，对于近代政治的始末，以及欧美国家社会发展过渡也有如此清晰的认识。审美迭代，如同隔代价值观对立。程昌开玩笑地说，只能等一代人过去了，下一代人进入主流，才可能有所变化。

从某种角度看来，程昌是一个被摄影耽误的历史学家。

在从摄影延伸开来的话题中，程昌将历史文化与社会学的相关命题抽丝剥茧地联系到社会进化之下的一代代人的审美变化。

大概在很多年前，程昌已经有了"摄影表达"的概念，只是在体系上并不成熟。曾经，他也对国内的先锋艺术表示不理解，对于艺术本身也一知半解。这种朦胧的认知随着这些年不断地用摄影记录生活，慢慢开始有了一定的突破。这种边界感的打破，对于程昌来说更像是一种自我更新，就好比离开原来的城市来到大理，寻找生活的另一种可能。

人生，不需要标准答案，而需要用审美的多样视角探索未知世界。

V
用第三只眼捕捉不一样的自由

国内很多擅长拍人像的摄影师，已经将人物主体放在时代洪流之中，试图用镜头记录个体在大时代中的变迁。如同严肃文学记录大时代那样既恢宏有力，又能呈现出涓涓细流般的质感。

对于利用摄影批判社会的现象，程昌并不关心。他更在乎的是自我有没有得到更新，无论是在审美认知还是在摄影表达的形态上，程昌都不太在乎外在表达，而是把重点放在摄影本身。

即便从小接触摄影，多年来从事的工作也和摄影无法分开，但提到摄影中人和生活的比重这个问题时，程昌还是摇摇头说不存在比重这样的说法。这可能是跟童年时代就接触胶片有关，融入骨血的摄影记忆，是难以用比重来衡量的。

如果一定要找到一个分界点，那么大概是在北京和大理两座城市的转换之时。在北京时，程昌更多的是一位职业摄影师，生活中大部分时间在拍摄，时间都贡献于商业和都市的匆忙移动之中。他来到大理之后，职业摄影师这个定位似乎有了些许改变，浓重的商业元素在程昌此后的作品中逐渐淡化，慢慢变为更多的艺术表达，以及对于生活的"慢思考"。

定居大理之后，程昌完成了从职业摄影师到艺术家的身份过渡。他不是个例，但很多个体在身份转变上比较痛苦，甚至感觉被割裂，因为要考虑自我价值的取舍以及商业的平衡。而程昌的转型过程并没有多难，这因为他一直在做自己喜欢的事情。

如果一定要说原因，可能定居大理让他更能适应这种身份上的转变，他更像是找回了曾经的定位。他来到大理之后的摄影作品也证明了这一点。我们经常说摄影师的"第三只眼"能发现和洞察更多潜在的美，这些都藏在生活的细节之后，而被程昌一一捕获。

虽然不能具体地描述出程昌在大理寻找的是生活的哪一种可能，但是从与他的对话和他对摄影的情感变迁中，可以看出他很安于现状，也很乐于享受在大理的舒适生活，就好比他人像作品中的自由感一样，放松而平常。

因为热爱，
所以选择远方

◆ 绿色大理的志愿者们　被访者供图

绿色大理志愿者小组

如何把家里的厨余变为优质的肥料？高手在民间，绿色大理志愿者小组的每个成员都是一位生活家，闪闪发光，充满智慧。

◆ 让我们一起爱护大自然

　　大理的美无须多言，一眼望去，苍鹰半隐于云雾中，盘旋在山峰间，百里洱海水天一色，怒放的白色花朵点缀于原野之上，随风摇曳烂漫，人们在蓝天下种植蔬菜瓜果，所有的生命与自然环境和谐共生，一切美好如梦。

　　走进这斑斓的梦中，守护心中的热土，绿色大理志愿者小组坚持在微小的生活里，始终对生活本身和理想远方尽最大的善意和努力。

是过客，更是居者

　　如诗人梭罗所言："河水的流逝，瓦尔登湖上的冬去春来，松脂的芳香，鸟雀的啼鸣，无限神往。"大理从古至今，令无数人魂牵梦绕——苍山巍峨秀美，十八条溪流宛若玉带，流入洱海，微风拂过玉镜湖面，也在人们心海中荡起一圈圈涟漪，它美得无须添加任何修饰便能让人流连忘返。只愿这风景化作水墨山水，亘古不变。

　　如果说，瑰丽的大理是人们向往的远方，那大理淳朴的风土人情正是众人渴望的精神原乡。四季如春的气候蕴养着它的温柔，少数民族多元的文明凝聚了它的包容，五湖四海的人不约而同地抵达这里，舒卷自如，行走于苍山的每一条山间小路，或荡舟于洱海的每一片清澈湖面。

物华天宝的大理，拥抱着每一个居民，或者过客，总是慷慨地、毫无保留地呈现所有。多年以前，成吉思汗饮马洱海，带来了乳扇，它也成为本地传统美食，为饮食文化添上一笔重彩；千禧年初，艺术家、流浪者们结伴而来，过上嬉皮士般的生活，他们玩诗歌、音乐和艺术，将自由与浪漫的精神注入大理的肌理。当下，告别北上广营营役役的生活，绿色大理志愿者小组徜徉在山海的慢时光里，希冀以微薄之力回馈大理的厚待。

II
绿色大理志愿者小组诞生记

大理向来是志同道合者欢聚的天堂，绿色大理志愿者小组的诞生，也源于一次思想的碰撞。走进苍坪街56号，穿过车间大门，裸露的外墙原始而粗犷，顺着青石板路往巷子里走，喧闹声越来越远，自然与人类休戚相关的想法与热爱大理的初心不谋而合，成立一个环保志愿者组织的想法也随之而产生。

2020年4月，大理苍山五溪生态治理工程引发全民关注，绿色大理志愿者小组的众人心里不禁多了一丝惆然——原来大理早有不可承受的忧伤。环保行动刻不容缓，绿色大理志愿者小组的成员们决定从身边的垃圾分类做起。

绿色大理志愿者小组里的人大都来自天南地北，海婴从北京过来，安安是江西人，杨景辉则是土生土长的大理人……

◆ 志愿者们在对垃圾进行分类 被访者供图

在互联网时代，热点新闻瞬息万变。随着层出不穷的新闻报道，气候反常、温室效应这些词对于大多数人来说，早已耳熟能详。极地的冰盖正在融化，火山爆发、水源污染……但是，对于世界上的大多数人而言，这些只是新闻中的老生常谈而已。在中国，在大理，亦是如此，仿佛环保只是个宏大命题。

这些现象不禁引发了绿色大理志愿者小组对时代的思考与叩问，他们开始重新审视时代、人与自然的关系。

事实上，那些不能降解、碎裂成微小颗粒的塑料，正散布在我们食物链的各个环节，遗弃的塑料最终会被重新吃进肚子里。绿色大理志愿者小组第一次认识到，环境污染离生活那么近。

一个人追求梦想，难免会孤独；一群人追求梦想，必定是一场狂欢。2018 年，殷毅又回到大理，慢慢结识了更多伙伴。海婴和杨景辉是好朋友，他们此前就做过传统文化方面的义工，作为素食和环保倡导者，热爱动物，一直关注并力行环保和垃圾分类；安安喜欢在大理的生活，一直想改变环境污染的现状……志趣相投的人会聚于此，有序开展垃圾清理、干湿分类、堆肥展示、家庭走访等活动。

绿色大理志愿者小组算过这样一笔账，中国现今的人口大约为 14 亿，如果每个人每

◆ 殷毅：坚持源自热爱

天使用一个垃圾袋，每家每天倒一碗厨余垃圾，由此产生的垃圾总量是可怕的，足以填满洱海。随着工业的发展，旅游行业的发达，大理的垃圾污染日益严重，绿色大理志愿者小组也曾问自己：我们杯水车薪的工作，有继续的意义吗？

对此，大理给出了最好的答案。遗世独立的大理有一股隐士情怀，伫立千年的苍山有种从容的了然，平静广阔的洱海深谙内心的安宁，坚持不疾不徐的生活姿态。这种精神也感染着无数原住民和绿色大理志愿者小组，他们在面包丰盛的时代，依然恪守着日出日落的规律，井井有条地打理生活，将目光更多地投注于自身。

环保是一个长期的意义深远的项目，欧美国家也是历经几十年才有了完整的环保系统。尽最大的善意与努力是绿色大理志愿者小组的信念，既然选择了远方，便只顾风雨兼程，不考虑成功与否，只坚信路在脚下。这也许需要未来一代人甚至两代人的努力，但大家一直在行动。海婴选择一片空地，用湿垃圾堆肥，身体力行地进行示范；杨景辉从不抱怨困难，从不盲目乐观，默默工作，以自身行动感染众人以及更多的参与者。

志愿者越来越多，绿色大理志愿者小组欣慰于每一位参与者的心意，大家知道团队不仅是要招募志愿者，更是要传播垃圾分类的理念。"小行动，大改变"，越来越多的人加入守护大理的行动，在日常生活中力所能及地进行垃圾分类、垃圾减量，从个人到家庭，从村镇到城市……一步一步、由下到上，为环保事业贡献自己的一份力量。

Ⅲ
变废为宝

在快节奏的城市里，生活是一段不断遗失的旅程，忘掉最初的梦想，丢下童年的时光，失去激情的想法，人们称之为"成长的代价"。而在大理从事垃圾分类的一年时光，在绿色大理志愿者小组看来则是一场重拾美好的修行，以厨余蔬果回归土地的方式滋养大地，重拾人与自然的亲密；以可回收杂物的重新利用，重拾感情与记忆。

没有大城市的喧嚣，大理只有走得很慢的云朵与时光，慵懒的阳光下，与邻里唠唠家常，生活过得柔软绵长。绿色大理志愿者小组众人的心灵得到从未有过的平静与安宁，在垃圾分类的过程中，遇见有趣的人，做有趣的事，再简单的日常也闪烁着幸福的光芒。

在大理绮丽的风花雪月美景下，淳朴文化是它不变的底色。绿色大理志愿者小组与床单厂的保安师傅的故事，展现出了大理本地人的勤劳善良。聆听过一场关于以厨余蔬菜果皮制作环保酵素的活动后，保安师傅对垃圾变肥料产生了浓厚兴趣，在兴致勃勃地回去制作成功后，便尝试把酵素直接浇在地里，然而因为没有稀释，不幸地导致农作物都没能成活。面对这样的结果，保安师傅却没有太过苦恼，反而依然很积极，找到志愿者说："我以后还会继续做酵素，再去滋养地里种的菜，等我的邻居看到，他也会学，邻居学会后，村子里的人也都会学。"简单的话却无比温暖，道出了绿色大理志愿者小组最渴望见到的画面，每每想起这句话，大家的心中都不自觉地涌上喜悦之情。

垃圾的华丽变身，莫过于变废为宝。一次偶然的机会，绿色大理志愿者小组在整理垃圾桶时，发现了一些品相不好的雕塑，有小巧玲珑的泥娃娃、憨态可掬的动物雕像，众人灵机一动——这正适合种植多肉。这种垃圾重获新生的特殊过程，让众人开始重新审视物品的意义。在物欲横流的当下，人们热衷"买买买"的背后是对资源的浪费，透露着世人的淡漠。

小小的雕像见证了众人的心路历程，承载着美好的回忆。每当舀一勺洱海的水，浇灌在繁茂的多肉上，众人望着簇拥的绿意，感受到的是大理的盎然生机与诗意。纵使世界变幻如斯，大理的居民们依旧保留着对乡土的敬意，别人渴望的生活就是他们日常的风景。

IV
慢时光里的任重道远

这是最好的时代，下关风、上关花、苍山雪、洱海月，大自然的神来之笔绘就了一幅恢宏的水墨山水，大理有着人们对于美好的所有想象。这也是最坏的时代，城市拔节生长，生活让人们变得忙碌，用餐仅为果腹，自然是否真的渐行渐远？

坚守心中的田野，绿色大理志愿者小组满怀对这片土地的热爱，秉持尽最大的善意与努力的初心，将继续有效开展垃圾分类的环保事业，希望通过实际行动，还以澄如明镜的洱海、层峦叠翠的苍山，从而留住大理的旖旎风光。

道阻且长，任重道远，绿色大理志愿者小组深知此刻还是夜色将明未明之际。终有一刻，第一缕阳光会照上苍山之巅，苍山由红变黄，阳光一点点地从山顶移到山脚，再到波光粼粼的洱海，最终照亮无数田野和村庄，孩子会在田野上奔跑，恋人会在洱海边散步，老人会悠闲地在院子里晒太阳。这时的人们再数着从竹篱笆里开出来的花，续写大理轻柔舒缓的慢时光。

你来大理一趟，
你要看看太阳

侬海峰

祖籍广西，早年就读于南京艺术学院美术系。
在新疆从事多年美术创作，其创作的《阿凡提》艺术壁毯参加了
全国首届艺术壁毯展览，并获得最佳创作奖，作品被日本京都国
立博物馆收藏。后定居于云南 20 年，专门从事绘画、书法创作，
并取得了丰硕的成果。

◆ 侬海峰　被访者供图

◆ 侬海峰：人生如画，岁月如歌

I

你来人间一趟，你要看看太阳

"你来人间一趟，你要看看太阳……"

初次看到侬海峰的画作时，我的脑海中不禁浮现出海子的这句诗。太阳，是海子诗歌里常见的元素。不过，海子的太阳与侬海峰的不同。如果说，海子的太阳是诘问生命的炙热，那么，侬海峰的太阳则是明媚生活的温柔。驻足于侬海峰的作品前，细细品味，他的画作风格清雅恬静，常给人们一种走进暖阳中身披柔光的温润感。

侬海峰早年就读于南京艺术学院美术系，曾得名师刘海粟先生的亲授。刘海粟先生作为中国海派书画艺术的开路先锋，将西方的油画色彩融入中国国画之中，形成了独特的色彩文化。其东西兼容的艺术手法，给侬海峰的创作带来了极大的启发，尤其是泼墨重彩对他之后的艺术手法产生了极大的影响。

前期在新疆从事多年美术创作，依海峰创作的《阿凡提》艺术壁毯作品参加了全国首届艺术壁毯展览，并获得最佳创作奖，作品也被日本京都国立博物馆收藏。他后来定居于云南 20 年，初来大理不久就创办了一家属于自己的画廊，专门从事绘画、书法创作，不仅开启了自由创作的艺术生涯，也取得了丰硕的成果。

依海峰将潜心研习的中国国画与西方油画相结合，借鉴刘海粟先生的艺术创作理念，并注入自己的生活哲思，创作出极具中国传统特色且兼具东西方绘画精髓而又不失鲜明的个人特色的优秀作品。他的画作以国际化的审美和极高的艺术成就深得国内外各界人士的广泛喜爱。

近年来，依海峰的作品多次参加国内外美术展并获奖，多幅作品发表于《美术》《美术报》《国画家》等刊物，其作品《云岭古村》被美国得克萨斯大学阿灵顿分校艺术馆收藏。依海峰始终怀着一颗狂热的心，常年伏案创作，是国内外备受赞誉和颇具艺术潜力的艺术家。

‖
写生，是一个画家的生活方式

关于创作，依海峰一直有着自己的见解。他认为创作前，应先学会走进生活。只有深入地了解生活，才能做到胸有千山万水、心有纵横沟壑、下笔如有神。比如他的老师刘海粟先生，走过千山万水，一生十上黄山，看尽奇峰峻岭，为自己的书画创作打下了震撼人心的自然草稿。

"写生是一个画家的生活方式，也是认识事物和表达自己对世界认知的一种方式。"依海峰也一直身体力行着这种于生活见创作的方式。就像很多人常说的："你的气质里，藏着你走过的路、爱过的人和读过的书。"艺术的创作亦是如此，艺术从来不是凭空想象的空中楼阁，尤其是以自然生活为题材的艺术作品，不曾真的亲身体验或经历，作品也很难生动传神。

但是很多人对写生也有一定的误解，觉得写生就是一种摄影式的绘画。其实不然，写生是一种近距离观察自然与生活的方式，加深"景"的记忆烙印，为艺术再创造积累丰富的素材。

用心体悟依海峰的作品，我们仿佛可以看到人生三重境界的意味。"看山是山，看水是水；看山不是山，看水不是水；看山还是山，看水还是水。"

依海峰在云南定居 20 年来，觉得大理随处是景。那种美是大自然的恩泽，只有真正走进云南之后，才能真正领略到大自然究竟有多美，就像走到新疆才知道中国有多大一样。在大理定居的这段时间，眼前的各色美景激发了依海峰更多的创作灵感，也促使他开始了以国画为主的绘画形式。他将大理的美以一种蕴含东方神韵的手法，向全世界展示。

Ⅲ
艺术是没有国界的

中国的绘画教学体系基本上沿用了苏联的写实派风格。学油画也好，学国画也好，都要先学素描，但油画和国画的艺术表达方式是不同的。

油画的表现主要依靠光和色，讲究色彩逼真、立体感强、极富美感的绘画方式。因此要求作画者对空间有强烈的透视感知能力，不管是印象派还是写实派，都需要扎实的素描功底。

国画则不同，"以线造型"是中国画的基础。古人作画不是像油画那样依靠光来表达的，而是以笔墨为线条，用点、线指代面。国画注重虚实，崇尚写意，讲究自然的升华与情感的表现。

◆ 侬海峰作品《秋山起祥云》 被访者供图

　　但艺术是没有国界的，中国传统绘画艺术与西方油画艺术是可以相
互借鉴的。侬海峰年轻时喜爱油画丰富的色彩，就去学习了油画。后来
在老师刘海粟先生的影响之下，侬海峰发现国画也可以打破素雅的色彩
定式，也可以借鉴油画的色彩，创作出延续国画传统又兼具东西方审美
的画作。比如刘海粟先生的国画，他笔下的黄山、日出、枫林等，就在
国画的素雅笔墨之上，加入了蓝色、红色、橙色等鲜明的颜色，很漂亮
也很传神。

依海峰如醍醐灌顶，"原来国画也可以这样表达"。一幅成功的画作应当既有意趣又有品位，既有格调又有意境，无论国画还是油画都是这样。依海峰认为："笔墨应当跟随时代，不能被古代的画束缚住。国画的传统不能抛弃，否则就不是国画了，但这并不意味着我们必须一味地遵循古人的一切，我们可以优化、借鉴西方的艺术表达方式，合理地加以融合，创作出震撼人心的'新国画'。"

Ⅳ
随性而为，慢在其中

比起当下年轻人喜欢的快手、抖音平台上的碎片化、快节奏的短视频，依海峰更喜欢享受一个人的安静，享受绘画的创作过程。这些都是与"快"相悖的"慢"。

依海峰觉得潜心绘画的过程，就是慢慢享受自我的孤独时刻。在孤独中沉淀，成就了他的绘画作品。每完成一幅画作，依海峰就会有一种油然而生的成就感。这种成就感，是超越世俗名利的满足。

除了绘画，依海峰还精于书法、音乐，他擅长演奏民族弹拨乐器，尤以热瓦普为甚，也擅长将音乐优美的韵律，表现在绘画的色彩和书法的线条里。

依海峰直言，虽然在新疆生活时就与音乐有所接触，但那时候的自己还处在绘画的求索期，几乎全身心都扑在绘画的研习上，并没有太多时间和精力去学音乐。这些民族弹拨乐器，也是他在大理定居后，才慢慢放松下来开始学习、精进的。

音乐也好、绘画也好、书法也好，对于依海峰来说，艺术都是相通的，他喜欢一气呵成的畅快感。

集多种才华于一身的依海峰，并不是像很多人以为的极度"自律"

的、会将时间进行整齐分割与规划，而是很随性的。艺术创作并不适合规整，随性而为更容易获得不定时闪现的艺术灵感。

有灵感、有创作激情的时候，依海峰就安静作画。没有激情的时候，他便也不强求，而是顺势而为地休息一下，比如去喂喂鸽子、去大理转转采采风、去弹一弹乐器。

V
大理，创作的温床

生活是此时此地，而非彼时他乡。依海峰祖籍广西，15岁的时候举家迁至新疆，后因去南京求学，在南京居住了一段时间，直到走进云南遇见大理。在此之前，依海峰的生活仿佛一场又一场的迁徙，终于在大理找到了生活的温床，定居至今已有二十余年。

作为大理山水间的第一批入住业主，我们十分好奇，是什么触动了依海峰，让他最终选择了定居大理？依海峰思索了一会儿，和我们细细讲述了大理吸引他的五大优势：阳光、空气、水、气候和民风。

大理是一个十分宜居的城市。第一次来大理，在清新的空气和明媚的阳光里，走过很多地方的依海峰，突然有了一种归属感。这份归属感促使他当即就起了定居于大理的念头。艺术家的感性让他在有了这个想法后，就立刻行动。

在大理生活得越久，依海峰越庆幸自己当初的果敢决定。好山好水的大理，四季如春。没有南方夏季的闷热、冬季的湿冷，也不似新疆的骄阳和干燥，更不同于西北的豪放凛冽，大理有一种温和的清爽，就像大理人的性格一样，是如沐春风般的温和淳朴。

这样的理想之城，谁能不爱呢？

依海峰来到大理之后，时间"慢"了下来，心也静了下来，他也越

◆ 侬海峰作品《山高祥云集》 被访者供图

来越享受生活，财务也相对自由了些。本就不在意名利的他，开始按照
自己的喜好潜心创作，国画、书法在他的作品中的比重逐渐加大。

　　本就热爱生活、崇尚阳光的侬海峰，在大理明媚气候的浸润中，慢
慢找到了新的画作题材并形成了新的风格，那是一种透着阳光的温润。
这与很多展现出颓废风格的艺术家形成了鲜明的对比，有了极具个人辨
识度的艺术特色。

VI
走进大理，触摸时光

　　大理的魅力于侬海峰而言，犹如侬海峰对于凡·高的艺术感知。早
期的侬海峰，欣赏的是诸如莫奈、雷诺阿这种印象派画家的作品，他并
不是特别能读懂凡·高的后印象派作品。

　　随着时间的推移、阅历的增长，对生活的体会、对艺术的感悟、对

色彩的认识慢慢提升之后，整个人的审美力也不一样了，依海峰在将近而立之年的时候对凡·高的作品有了不一样的感知，开始真正读懂他的作品，领悟他的表达，也真正领略到了其作品的美。

有时候，人需要经历一些事情，到达一定的年龄，才能理解凡·高画作背后所传达的精神。他历经生活的苦难，但依然保有一颗悲悯之心，他对色彩的大胆运用，传达了他绝不向命运低头的精神，以及对生活与艺术的热爱。

对大理魅力的深度领悟，亦是如此。在快节奏生活的冲击下，大理从来不缺朝圣者，但只有经过生活历练的人，才能拂去浮华的表象，不再把大理看作生活在别处的"精神乌托邦"，而是真正地走进大理，慢慢倾听自己的心声，逐步找到生活的归属，与依海峰一起在大理的阳光下触摸温柔的时光。

没有什么能够阻挡
我对大理的向往

◆ 达瓦次里 被访者供图

达瓦次里

半个蒙古族人，半个满族人，文学系毕业生和小学教师，
开心快乐地当着自己的英雄。

◆ 达瓦次里：生命就是一场旅行

灵魂深处的游牧精神

"达瓦次里，半个蒙古族人，半个满族人，旅行支教两年半，足迹遍布大半个中国和小半个亚洲，半吊子的文学系毕业生和小学教师，吊儿郎当地当着自己的英雄。"在大理和达瓦接触后，与他交流得越多，越觉得这段介绍分外简洁贴切。

用达瓦自己的话来说，他虽生于塞外草原，却从小长在江南水乡，饱受 20 多年吴侬软语的熏陶，非但没有培养出几分清雅，反而越发唤醒了烙印在灵魂深处的狂野，对世界充满了策马驰疆的热爱。

而埋下这颗追逐真相、追逐自由、躁动不安的旅行之梦种子的契机，大概要追溯至达瓦大二那年。那年，达瓦在宿舍楼下的旧书摊上，经老板的强烈推荐，购入了一本被称为"旅行者圣经"的《孤独星球：西藏》。

其充满魔力的内容激起达瓦对西藏的向往。他花了整整一周的时间将这本书从头到尾逐字逐句地读完，还花了大量的时间去网上查找关于西藏旅行的各种攻略，这些勾起了他内心深处对于自由的渴望，也为他将来不断出走——游历世界 30 多个国家的履历埋下了伏笔。

达瓦的《旅人星球》便也诞生于这样的出走机缘中，经过时间与记忆的发酵，酿就一段段带有独特生命温度的文字，最终汇聚成章、结集成书，成为浮华都市里每一个渴望生活在别处，却身陷其中不敢出走的人虔诚捧于手掌的"新旅行者圣经"。

‖
漫无目的的旅人

不论是在《旅人星球》的文字记录里，还是在与达瓦的畅意交谈中，我们都能感觉到他的身上流淌着现代人少有的真实的自由与随性。这种没有被计划、定式束缚的随性，让我们跟随达瓦，在人生每一次的转折处感受峰回路转的无限惊喜。

达瓦结束朝九晚五的职业时，辞职信上留下一首改自北岛的诗："我还有梦 / 关于文学 / 关于爱情 / 关于穿越世界的旅行 / 我不愿夜夜饮酒 / 听到杯子碰在一起 / 那些梦破碎的声音。"作为上海精英阶层的生涯结束了，一路探索、出走的旅行者的事业开篇了。

本以为就这样一路不停地走下去，可走着走着，达瓦去了西藏支教，后来又停留在大理并于此定居。很多人很好奇达瓦是怎么决定去支教的，并且坚持了两年半之久。其实，在达瓦看来，决定支教不需要什么计划，就如同他随性改变行程、废掉机票一样。想到了大学时的那本《孤独星球：西藏》，他就去了西藏，到了西藏想要为此做些什么，他就留下来支教，无须用"伟大"加以修饰，一切就这么自然而简单。

◆ 旅途中的达瓦次里　被访者供图

在西藏支教的日子里，他也没想过什么忍耐与坚持，无非在"备课——上课——批改作业——备课"的循环中度过这些时光。

达瓦回想起当时的心境，也不过抱着"我要做这件事情，我就去做了"的心态罢了。有时候，人不给自己制造太多的选项时，生活反而会变得非常简单，坚持也变得理所当然。

很多人觉得难，或许正是因为现代人的心太过浮躁，没有办法做到像达瓦那样只给自己一个选项，而总是不断制造很多个选项，然后在这些选项中不停摇摆、纠结，最后迷失，让简单的事情变得复杂而困难，一个选项也未曾真正拥有过。

这种感觉正像达瓦的老师曾说的那样："若做事情的目的性太过于强烈，那么在做这件事情的过程中，会失掉很多快乐。当我们选择做一件事情的时候，开心才是最为重要的。"

Ⅲ
写作，生活的糟粕

写作，对于有些人来说是一个治愈的过程，对于有些人来说是一个抒发的渠道。对于达瓦来说，写作并不是一件特别神圣的事情，而是他宣泄欲望的一种方式。因此他并不把文字当作关于自己思想的一种表达，而可能只是生活中的一些"糟粕"，甚至不同于很多作家将对自我的美好期望投射在笔下的主角上，他反而是把自己最不希望成为的人，比如《旅人星球》中那个自称"朕"，特别多愁善感又自命不凡的人写作主人公。

达瓦也不相信人的第一直觉。他会通过一些碎片化的句子，记录自己去过的地方、做过的事情，以及当时的感悟，然后让这些文字与记忆，经过时间的发酵，再去整合提炼，最后集中写成一本书。

正如达瓦在新书中这样写道："每当我试着去描述完整的一天的时候，会发现那些当时觉得无比重要的东西在记忆中变成了鸡肋，就像用两套完全不同的系统处理同一套数据，处理的结果相当于同样的一天过了两遍，然后这种感觉就像随身带了一个保鲜盒，将每天的心跳和呼吸藏起来放到冰箱里保存。每当感觉生活不那么新鲜时，我都会拿出来回味一下，那些经过记忆发酵才浮现出的小用力和小确幸，像酒精和烟一样让人如痴如醉，欲罢不能。"

这种感觉也如同在大理的生活一般。当我们开始回忆时，那些日常之中的细微小事，成为充斥生活的所有美好，随着时光的沁润，酿成回味无穷的甘醇，带给我们强烈的幸福感。

IV
大理，虚度

达瓦特别喜欢日本的一个系列电影，叫作《小森林》，它有"夏秋"和"冬春"两篇。每一篇讲的都是一个厌倦了城市繁华的人，回到自己从小生活的小山村，在小山村里面日出而作、日落而息，每天就是种红豆、种南瓜、种稻子……而他种的这些东西也不是用来卖的，只是给自己吃，他甚至会因为自己想吃纳豆，就开垦一大片稻田，不是为了吃米饭，而是为了获取稻秆做纳豆。

在很多人看来，这近乎虚度光阴。但达瓦认为，虚度本身就是个悖论，如果这种虚度能够带给人快乐，那么这种虚度所创造的价值不可估量。达瓦也在看过《允许自己虚度时光》这本书后，慢慢明白了自己为什么不快乐。

"因为总在期待一个结果。看一本书，期待它能让自己变得更加深刻；发一段信息，期待被回复；写一个故事，说一种心情，期待被关注、被安慰；参加一个活动，期待换来充实丰富的经历。

"如果这些预设的期待都被实现了，自己就会长舒一口气，如果没有被实现，就很容易陷入自怨自艾中。

"想想小时候的我们，可以用一个下午的时间看蚂蚁搬家，用一个月的时间等植物开花……小时候不期待结果，享受的是不期而然的过程，所以哭笑都不打折，遗憾的是长大了我们就忘了。"

所幸达瓦遇到了大理。在大理定居的这段时间里，他找回了内心的平静，每天早起，感受慢下来的悠长的一天。在大理的街角喝一杯咖啡，他有时写一下午书，有时看一下午书，享受独属大理人的"虚度时光"。他也在这种虚度中趋于平静，收获越来越多的幸福。

V
"生命的力量在于不顺从"

在达瓦心中，如果把在大理的生活与在其他地方的生活的区别高度凝练为一个词的话，那就是"不顺从"，不顺从于自己，更不顺从于自己身边乱七八糟的社会关系。

借用冯骥才先生说过的一句话："大风可以吹起一张白纸，却无法吹走一只蝴蝶，因为生命的力量在于不顺从。"人生的很多快乐和收获，有时候就是来自人们的不顺从。有时候，过于顺从的人其实过不好自己的一生。

很多人最初并没有想在大理定居，觉得自己更适合繁华的都市。但在大理待久了之后，他们发现了大理的深沉魅力，与大都市相比，这里的生活之美充满了文学哲思。

在北上广深感受到城市极度的扩张和发达的过程之后，回到大理慢下来，人们反而会发现人生可以更美。但正值少年的大理，也要发展、也要成长，未来也可能会欲望膨胀。但我们相信，大理在经历过这些之后，就如同经历过生活历练的人，终会返璞归真。

回归自我，回归家庭，回归人们的内心……不论人也好、城也好，都会于岁月中经历成长。而我们和达瓦一样，坚信大理的未来会越来越好，也决心为更美好的大理而努力，更祝愿每一个路过和留在大理的人，都能于此找到"虚度"的快乐与生命里的"不顺从"。

让现实照进
理想的
生活实验

梅叶挺

作家、北京大学新闻与传播硕士、大理大学老师。

◆ 梅叶挺　被访者供图

◆ 梅叶挺：理想生活是创造出来的

　　每个人心中都有一个大理，而每个人眼中又都有一个不一样的大理，就像博尔赫斯《小径分岔的花园》的无数个隐形分岔路口，大理似乎也有无数个时空，这些背离的、汇合的或平行的时空织成一张不断增长的、错综复杂的网，包含了所有的可能性。时间的标本散落在大理的蓝天、阳光、云朵、繁花、街巷之中，让我们得以走进独属于她的时代叙事，无论是回溯过去，还是向未来求索，或许保持凝望，才会有更多的想象。

　　如果说在北京十年的连续创业，是辗转于三个公司间的自我实验，那么选择大理则是梅叶挺作为一位作家、一个父亲、一名老师的一场生活实验。不同于"逃离北上广"的仓皇与失落，文理兼修且在各种职业间切换自如的他，从 2015 年开始在这片神奇的土地上，构建起自己内心的理想花园。

I

故乡是一座不会消失的岛

　　在梅叶挺看来，"逃离"其实是个不折不扣的伪命题。内心没有充分准备的逃离，也许只是更焦虑的故事的开始。

"不可否认，2015年初来到大理，或多或少都有逃离的成分在里面，因为那几年北京雾霾严重，对健康十分不友好。" 梅叶挺在回忆最初的决定时说。

带着这份对蓝天白云的憧憬，梅叶挺和爱人初小轨，白天换着不同路线爬山，与自然亲密接触，到寂照庵喝喝茶、写写东西。那个时候寂照庵还没有成为网红打卡地，比较适合一个人在此静静地思索。傍晚他们就到金梭岛看日落。那一年，他基本就过着这样闲散的生活，用更多时间欣赏一朵花的盛开，用心感受当地的生活，接触形形色色的旅人，开启人生新一轮的探索。

用他的话讲，"那一年最富裕的就是时间，非常适合一点一点读，一点一点写，享受gap year（意即"间隔年"）的美好停顿"。也是在那一年，此前做过开发运营、在广告公司工作过的梅叶挺，开始了他的写作生涯。一如大多数作家，他的第一部作品，也是从个人经历出发的。

《岛上故事》用冷静客观又带有温情的文字记录了他的童年、老家的人和故事，这些故事中有匠人、赌徒、渔民、赤脚医生，有渔村、小镇、街道、田野，交织出一个把往事回味成故事，又将故事妥善安放的空间。

"故乡是一座不会消失的岛，我们在大海上以歌回望。"这份岛上的童年记忆不仅承载着熟人社会的人情世故，更有对亲密社群的责任与顾盼。

‖
结束漂泊的地方

为什么偏偏是大理，能吸引漂泊的人们来此落地生根？除了贪恋苍山洱海、双廊古镇，能够让人与大理建立紧密联系的原因还有生活在这里的人，一群坚守传统的当地人，延续着千百年不变的生活方式，和一群来自世界各地的有趣的人，经营着自己心中理想的民宿、小店。随之而来的，是共建共享的独特社区文化，山野的、小资的、人文的、艺术的……各种不同的元素在大理交融，碰撞出新形态的邻里关系，为生活在这里的人提供更多选择，让每个来大理的人都能在其中找到自己的乐园和归属。

常在大理生活的人们，不问来处，不论行业，共同拥有一个称谓——乡亲或街坊。他们相互关心的也都是些琐碎日常，孩子上幼儿园有没有分离焦虑？怎么帮助孩子养成阅读习惯？民宿里又遇到了哪些有趣的客人？谁又开辟了新的探索领域……

或许这也是大理的迷人之处，既能享受一份清静的生活，同时也能不远离人群和世界。

抬头，星空闪烁；低头，满地花香。植物繁茂，日月有光，一蔬一饭，有滋有味，举手投足，触碰到的都是喜乐，一天的时光，就这样自然地流淌在心间，在身边，在脚下。此前，作为"老大理"，梅叶挺的爱人通过"小轨遛弯""小轨串门"等形式结识了一群志同道合的朋友，一圈走访下来得知，他们来到大理，无非为了暂时遗忘一些事情，寻找本真。

春天来时，摘一枝花去访友；冬雪降临时，支起火炉小试新茶。或是与相爱的人牵手走进秋天的月光里，开始去观察小动物的形态，留意四季花开的消息。

这就是大理，是当代人追寻的"诗和远方"，更是安放身心的精神故乡，它能让我们拥有热爱生活的能力，辨别来处，也让我们更了解前方的道路。

Ⅲ

淡定的努力是一种禅

淡定的努力是一种禅，内心坚定地去做自己的事，才不会被时代潮流裹挟。

◆ 梅叶挺和孩子们　被访者供图

　　梅叶挺用四个字来形容自己的大理生活：不慌，特忙。

　　心里不慌，有事可忙，这应该源自他对自我认知的掌控。

　　重读经典计划是梅叶挺老师第二部作品《西游新世相》的创作起点。在这本书里，他抽离原著的历史语境及文学叙事的丰富情节，追随经典所蕴含的超越时空的价值，试图从人物角色出发寻找与之对应的当代镜像。他说，这是他写给自己的解惑之书，也希望这本书能让人更想读原著。

　　在《西游新世相》中，有可看作励志模范的大鹏精，有在"职场"上老谋深算的寿星，有父子关系紧张的托塔李天王与哪吒……从每个故事中，我们都可以看见自己的人生真相。正如他在后记中所写的那般，"读别人的书，取自己的经"。

　　在大理这座古老的新城市，每个人都是故事的主角。几十年来，有凭一颗坚韧之心，把曾经破败的寂照庵修成内心模样的妙慧法师；有参与建设海豚阿德书店，为了一个共同的梦想而努力的世界各地网友；有五年来坚持拍"彩虹挂三塔"的摄影师……或许只有捕捉到万物的灵光，才能感知当下生活的乐趣。

　　在这个人人追求快，急于获取结果和答案的时代，我们更应该慢下来去生活，在看得到风景的地方，缓慢而坚定地生长，像人生果实那样。

生活本就是一种由内向外的洞察，是一场认知的自我构建。"快与慢，是自己的选择。这个世界有各种选择，不用对时代感到焦虑，做个体的选择就好。"在大理慢下来的这几年，梅叶挺对生活的思考反而更频繁，完成了人生路径的再次拓展，并把巨著啃出了自己的味道。

IV
慢即是快

"慢即是快"对于孩子的成长过程同样适用，例如"给孩子喂饭"还是"让孩子自主进食"，"教孩子好作文套路"还是"带孩子像作家一样观察、积累、思考"等相关讨论。在追求"超前教育"的时代，"慢"似乎成了一种稀缺能力。

虽然孩子还小，但面对朋友们的问题，身为作家的梅叶挺和爱人初小轨，也开始思考关于孩子将来的阅读与写作能力的教育问题。结合朋友们的需求和各自经验，两人研究了好几年，总结了一套适合孩子的阅读与写作方法。之后他们创办了"轨迹读写营"，决定手把手教孩子们学会真正的写作，而不是"憋"作文。他们想帮助孩子建立自己的阅读、观察和表达系统，让写作变成一件快乐的事。

毕淑敏曾说，让孩子爱上阅读，必将成为父母一生最划算的教育投资。梅叶挺在读写营中也强调，父母应该以身作则，与孩子一起养成良好的阅读习惯。此外，选择什么书，梅叶挺也有一套自己的准则。他认为孩子最好是读原著，译著更要精选。

在春节朗读者计划中，梅叶挺选了由余光中作序、诺贝尔文学奖得主胡安·拉蒙·希梅内斯为孩子们写的《小毛驴与我》，希望大理的孩子们，能慢慢长大，与希梅内斯一起面对花草、生命、乡野，感受浓郁清澈的风，走过繁花盛开的路，向着未来行进。

每一代，都是一个时代。原乡的底色决定了我们出发的方向，原乡也会在多年后成为我们的下一代频频回望的地方。

除了阅读，梅叶挺还想要送给孩子另一件能陪伴他们一生的礼物，那就是音乐。他说，掌握一门表达心灵世界的语言，是一件幸福的事情。

V
来大理，做个幸福的人

来大理，做个幸福的人，从明天起，关心粮食和蔬菜。

当我们抵达大理，看到这人间沉静清澈的一隅时，我们开始相信，人可以在城市与自然之间游刃有余。

如卡尔维诺在《看不见的城市》的旅行汇报中所言，"对于一座城市，你所喜欢的不在于七个或七十个奇景，而在于她对提的问题所给予的答复"。

大理的包容与开放，让每个人都可以在这里安放当下，向内探寻，重新发现生活的更多可能，也让人拥有源源不断的创造力。这也是为什么来自世界各地的艺术家、背包客、诗人、环保者、手艺人、梦想家等聚集在大理，或停留，或休养，或再出发，尝试打开内心，让现实照进理想，创造属于自己的生活风景，通往人生更高处的自由。

这是多数人的同感，也是山海之间不断涌动的爱意与热情。顺天地自然，看人间烟火，在大理慢下来，和自己对话，在生命的旷野里肆意奔跑，将日子过成大地上深深浅浅的诗行，和孩子一起，做回自然的孩子，在来得及的时光里，陪父母慢慢变老。不辜负，才是对理想生活最大的敬意。

漫步苍山洱海，书写似水流年

◆ 苏娅 被访者供图

苏娅

昆明人，现居大理，曾在北京生活 10 年，曾是《第一财经日报》资深文化记者，钟爱阳光和风土的写作者。著有图书《六》，得到著名音乐人张楚的倾力推荐。她亦是大理慢生活的"旁观者""洞察者""思考者""书写者"。

◆ 苏娅：生命是一条湍急的河流

I
初见印象

苏娅，有着一张典型的东方面孔。她的神情里透着一股坚毅和敏锐，像一名满怀憧憬的女战士；但她在言谈间又充满了温婉和风情，像一位松散而从容的旁观者。

苏娅显然是一个逻辑性很强的整理高手，她的家中除了墙和沙发没有其他的大色块物品，整体空间的整洁和舒适更多是通过她对细节的安排而体现的——红、黄、橙、绿色的魔方和一盒长短不一的亮色油画棒也可以组成房间内轻快的一角，更不必说那些松果、干花、老照片和动物木偶了，这些无不透着她的童心和想象力，我想"有趣"就是她生命的主旋律吧。她的冰箱外壳上，有凡·高的《星空》《向日葵》、列侬、《戴珍珠耳环的少女》、卡夫卡、莎士比亚和海明威……还有一些我眼熟但叫不出名的作品和人物。这密密麻麻的冰箱贴将她的喜好和品位暴

◆ 喜欢在院子里晒太阳的猫

露无遗，她在致敬经典的同时也让经典成为她生活的陪伴。当然，这其中还有一个啤酒杯状的酒瓶扳手，她在脱俗之余也不脱离地气的熏陶。

II
苏娅的大理

小院里，绣球花正自在开放，院子的台阶上放着对折的蒲垫，蒲垫上面再覆盖一层椭圆形的粉色麻花辫草垫，长宽也就 30 厘米，却可以坐在上面享受温暖的阳光和满园花香。在苏娅的世界里，一切似乎都是那么简单而周到。

刚坐下，她便征求我们对背景音乐的建议，随即将急促的提琴曲换成了舒缓的钢琴曲。茶几上的热茶、院子里随意盛放的花花草草、天台上的狗和晒太阳的猫……它们都因为她的细腻体贴而被照料得如此美好。

苏娅自然是非常钟情大理的，她最依恋的，是大理的阳光、空气和水，这些最基础也最平凡的资源。对于她来讲，自然很重要。在大理，可以享受自然的神奇——云啊，光啊，多看一眼已经很美好。于她而言，任何一件人工的物品，都不可避免地带着痕迹，这些痕迹都容易透出股拙劣的气息。

◆ 苏娅在家接受访谈　方圆音画供图

　　苏娅每周都会去爬山、散步。她说，来大理一定要去爬苍山！因为那毛茸茸的丛林简直妙不可言。无论是森林的线条、树木的线条，还是那些叶子、灵木，都曼妙而空灵，她觉得山里一定住着神仙。苍山很容易让人产生错觉，因为苍山看上去很广阔，但这种广阔就在人们的身边，所以会认为它好征服。但其实苍山的沟壑断崖很多，深入之后，当有密云过来、景象千变万化时，就不能再走了，会很危险。相比之下，洱海就很容易去，苍山则要付诸努力才能体会到爬山的乐趣和苍山的美。说起苍山，苏娅一直神情雀跃地用手比画着，显得异常兴奋。仿佛她就是那个藏匿于苍山的仙女，比任何人都了解苍山、了解大理。

苏娅说她很享受大理的清晨，6点到9点，可以看到天色由灰变紫。有时候她想命名那种美，很贪心地看着它，直到霞光满天，植物和大地的味道逐渐散发开来，完成大自然与人之间的吐纳和滋养。她喜欢在清晨写作，其间不能有任何声音。而大理的黄昏和夜晚，是另一种无休止的美好——日落时分的晚霞、云的变化有一种独特的美，那种美会让人的意识随着迅速降温后大地的温度而消失。如果不是真的爱恋，应该很难体会得那么细致吧。除此以外，她觉得大理还有一个好处——所有喜欢的地方，从大理出发最多两个小时就可到达。

Ⅲ
从北京到大理

很多人特别好奇，是什么让她放弃在北京10年的生活和大好的工作前景。作为《第一财经日报》的资深文化记者，她所接触到的都是各行业顶尖的人士，这是很多同行羡慕不来的，她却离开了，在2013年回到云南，来到大理，7年的慢生活，她和大理一同发生着点点滴滴的变化。大理的苍山洱海，大理的云和太阳，仿佛已经与她成为共同体。

她说，离开北京和当初去北京一样，想做就做了。作出"离开"这个决定前她刚爬完山，到人民街闲逛了一两个小时，和朋友一起买了杯咖啡边喝边聊。她突然很享受那种松散的状态——端着咖啡，随意地蹲或坐，无比惬意。当时她的脑中闪过一个念头——要不然就"回去吧"。有了念头，她迅速地行动了起来。她倒并不是厌倦自己的工作，她的工作内容本身也是很丰富的，面对的人群也不无趣，但偶尔还是会很抗拒

◆ 苏娅家充满艺术气息　方圆音画供图

进入一种固定的模式并循环下去——工作、发薪，以消费来平衡工作的辛苦，如此周而复始，人生就此循环。这会让人处于一种拘谨的状态，而她很注重自我身体的感受，她需要松弛，无论是在生活上还是在写作上。作为一个书写者，她需要在一种陌生的、动荡的、不了解的情形下，激发出心里最敏锐的东西。她想到更开阔的地方去挖掘有趣的人和事——那些不曾发声的人、那些从来没有被表达过的人、那些沉寂的人，他们也同样有感染力、活力，有有趣的故事和人生。

IV
文字的奇遇

苏娅说她曾经采访过一位在大理凤羽镇做砚台的老人，他是一位省级非遗传承人。她当时问他用过的最好的工具是什么。他说："我的手。"苏娅说，这句话很简洁，但饱含丰富的经验、纯粹的思想，不是一个庸庸碌碌的人能说得出来的。还有一次她去买花，卖花的人问她："你喜

◆ 苏娅在大理慢谷签售　方圆音画供图

欢秋景还是春色？"面对卖花人诗一般的问题，她竟一时没了答案。卖花人又说："秋景比较壮观，春色比较艳丽。"诸如此类，不胜枚举。苏娅说："这些话是从生活里面来的，而我们得到的都是二手的经验，我更喜欢与它们直接撞击。很多话很有力量，如果不记下来，它们就消失了。"

　　矛盾的是，苏娅又觉得文字的表达是有某种局限的，有时候文字只能表达人感知到的百分之六十，可是如果完全放弃文字和记录，那么这百分之六十就都不复存在，于是她决定还是继续书写。她更看重的是观察、记录、体验、诉诸文字的整个过程，在这个过程中，她与自然、记录的对象和周围环境之间建立起一种奇妙的关系。她并非猎奇，而是想深入了解一件事情——他究竟是什么样的人，他承担什么样的命运，他有什么样的准备，他如何以这些准备去实现他的愿望。她说："如果不去写他，人们也许会知道有这样的一个人，但没有形成文本，他的故事终究会消散。"有一天，她在院子里扫地，感受着阳光和风。她觉得如果不将感受到的东西记录下来，这一切很快就会消失，包括她和"六"

◆ 苏娅的作品　方圆音画供图

◆ 苏娅养的猫　方圆音画供图

这个人交往的过程。这些都可以记下来，这其中包含了天气，包含了六的人生轨迹和他的问题，如何解决他的问题，如何清晰地认识自己。就这样，她写了第一本书《六》。

V

《六》的诞生

　　六是一个旅居大理七年的日本人，他叫上条辽太郎，中文名叫"六"，是从他的英文名谐音中随手拿来的。后来他才发现在中国六是一个非常吉利的数字，甚至成了他朋友的第一本书的名字。书中记录了他和苏娅在大理结识、交流的过程，他的农耕生活、他的经历……有很多玄妙且有趣的故事。他有着多重身份——音乐人、卖菜人、种菜人、种稻人、酿酒人、味噌师、按摩师、在家陪妻子自然分娩了三个孩子的人……而这样的人、这样的农耕生活，只有在大理才可能遇见和发生，也只有在大理，苏娅才可能和六相遇。大理就是如此神奇，这里聚居着许多有趣的灵魂。而走马观花根本无法接触和感知这座古城真正的魅力。她在书中写道："因为担忧而去过一成不变的稳定生活，幸福感会越来越少。" 我想六和苏娅之所以结下友情，也正是因为对幸福有着共识，而大理可以实现这样的共识。不仅如此，大理还让有此共识的人都聚到一起，他们来自世界各地，在这个"农耕社会"的大家庭里，他们的劳作和狂欢相得益彰，他们可以在这个数字化的时代享受着最真实、最质朴的喜乐。人生就像书中六最后的自述："在季节循环里理解本性和命运……人生皆因缘而起。"

六一家的生活，除了对自然的尊重，还有对日常生活的尊重。而苏娅的记录就像一个放大镜抑或是摄影机，她放大并且记录了这些有趣的人和事，并让读者自己去体会自然和心灵的力量，看到生命的可能性，看到不一样的人生。人和人、事物、自然之间的连接都是从"好奇"开始的。就好像当我看到《六》这本书的腰封上赫然印着"张楚推荐"字样的时候，对这本书、对苏娅、对真实的大理都产生了好奇一样，随即投身于这本以文字为载体的"纪录片"之中，去探寻苏娅和六，以及他们的大理。

喝酒和看纪录片
是结束一天
的最好方式

朱靖江

人类学家、民族志纪录片导演、中央民族大学教授、中央民族大学影视
人类学研究中心主任，从事影视人类学研究和民族志纪录片创作，是在
大理生活近十年的北京人。

著有《中国独立纪录片档案》《田野灵光》《民族志纪录片创作》，译
有《影像中的正义》《滇缅公路》等作品。摄制《"二战"电影地图》
《七圣庙》等影像作品。曾创办国内艺术电影网站"电影夜航船"，并
担任中央电视台电影频道 2000—2012《年度世界电影回顾》总编导。

◆ 朱靖江 被访者供图

◆ 朱靖江：内心丰富的人特别包容

1922 年，一部名为《北方的纳努克》的影片横空出世。被誉为"纪录片之父"的美国导演罗伯特·弗拉哈迪，在片中记录了加拿大因纽特人首领纳努克一家的日常生活，开创了用影像记录社会的人类学纪录片先河，从此一种全新的影像文本被创造出来。也因此有了后来的影视人类学这一学科，继而吸引了大批学者致力于研究影像对于人类学的贡献。

朱靖江就是其中之一。

见到朱靖江是在夏末一个明媚的午后，在大理大学附近的咖啡厅里。进去时，他正在看书，周身气质和慵懒的咖啡厅既协调又不一致。和很多学者不同，他身上更多的是一种侠者风范，豪迈、洒脱。他说他虽然做了很多事，但目前最喜欢的还是"大理业主"这个身份。

我们聊天的地方，白天是咖啡厅，晚上是清吧，他说在这样美好的地方，唯有喝酒和看纪录片才是结束一天最好的方式。

在大理，从来不缺美酒，不缺好的纪录片，也不缺多元的生活方式。

|
"斜杠青年"寻找春天

与一众"毕生事一业"的学术专才不同，朱靖江作为20世纪90年代的"斜杠青年"，求学经历与职业生涯多因率性而颇为曲折。

90年代初，朱靖江就读于北京大学法律系，临近毕业的时候去了拉萨司法局实习。当时，那里的人们对于法律制度的认知对他产生了特别大的冲击，又加上自身对地理人文的兴趣颇浓，热爱影像记录，他索性就投考了北京电影学院导演系的研究生，在中央电视台电影频道《世界电影之旅》工作5年后，又考入北京大学社会学系读人类学博士。

关于这次转行，朱靖江有着自己的理解。他认为这些都是主客观因素相互作用的结果，正如他在保罗·伯格曼和迈克尔·艾斯默所著的《影像中的正义》中翻译道："电影摄制者与律师们都要在非常有限的时间里，捕获到人性存在的蛛丝马迹，并引领着旁观者以特定的视角看待事情的经过。他们都很清楚，哪些事实应被涵盖于论述之中，什么时候该对观众动之以情，而何时又当晓之以理。"

想要成为一名优秀的电视影像记录者，不仅要有情感和温度，也要有冷峻的思考与超越个体的文化关怀。于是，在北京电影学院拿到硕士学位后，朱靖江又进入北京大学社会学系攻读人类学博士，并有意识地汲取民族志方法，逐渐走上了"带有人类学思维特征"的拍摄之路——"更为细致地观察社会环境，进入社区内部，建立亲近、合作的社会关系，反思自我的文化立场，建构丰富的文化情境和历史语境"。

‖
民族影像如同一种文化的多棱镜

谈到民族志影像，就不得不提它多元化表现背后的民族文化观，每个民族、每个地方都有其独特的魅力，因此就要求记录影像真实客观，导演和人类学家必须遵循文化规律、尊重民众意愿，只有在注重艺术手法的同时严格追求科学的记录，才能创作出真正属于这一片土地的经典作品。

这正如朱靖江所说："民族志影像如同一种文化的多棱镜，追求多声道的文化共鸣。民族志影像从发展之初便强调'长时段—观察式'的影片创作法则，这种被称作'观察电影'的电影类型，体现了经典人类学的学术观念与研究路径。"

从青藏高原到南海诸岛、从东北林海到西南山地，在这些壮美的自然与厚重的人文之土上，朱靖江无不收获着中国民族志纪录片的丰美创作。他对祖国的每一寸山河都有着自己的理解。作为民族志的研究与创新者，朱靖江在喜欢"大理业主"这个身份的同时，对这片创作土壤的理解无疑也更为深刻——"很多导演在此创作出了优秀的作品，有苍山洱海间的风云变幻，也有日出日落晨钟暮鼓里的岁月静好。这些是大自然自带的土壤所致，也是受当地白族人、异乡人包括外国人等不同文化群体在此聚成形成的社区文化影响，更是与大理独特的乡村习俗有关——那些快要消失的文化习俗都值得被记录。总之，这里有民族志纪录片工作者所追求的田野灵光，各美其美，美人之美，美美与共，天下大同。"

Ⅲ
开放包容的生活观

随着"快手""抖音"等短视频平台的不断发展，越来越多的人习惯利用这些平台拍摄、记录生活，发表自己的意见和主张，并由此形成了移动短视频社区。亿万普通人活跃在视频平台搭建的虚拟社区中，形成了一种新的自我认同。对于这种"社区"，朱靖江这些年一直在不断地关注、研究。

对于新生事物，他的态度是开放包容的。"视频是新时代的文本，大家运用影像的力量进行自我表达，进而获得更为广阔的社会视野，实现更为积极有效的文化表达与生存发展策略，这是当代中国影像文化从精英到大众、从文化展示到社会与经济交往的一次飞越，也是民族志纪录片创作与研究导向的一次深刻转型。"

对于自己所在的现实版社区——大理，他有着真实的生活体验。8年前，他便安家于此，在这里，不论是白族原住民还是慕名而来的人，都在用自己的方式生活。他说，你去大理街上看，在这里生活的人脸上仿佛都写着"热爱"两个字。人民路上也好，其他街上也罢，你会看到各色年轻人，会发现他们都充满了理想主义。好多人像是行为艺术家，有人靠出售自己画的明信片生活，有人一边看书一边卖自己做的酸奶……

每个人都随时准备续写自己生活的精彩，这在其他地方是很难见到的。还有博爱路大菜市场上引人垂涎的美食、在北方冰天雪地时却将大理包裹得粉艳的樱花……在大理，人会忘掉物质的压力和城市快节奏下的焦虑，取而代之的是享受观云赏画、看书问泉、会友寻仙的慢生活。

IV
蓝天阳光下的"大理国际电影展"

由于工作的关系，朱靖江参加过太多的电影节，但是他最享受的还是从 2017 年开始参与创办的大理国际电影展。在蓝天、阳光、草地和苍山洱海间，没有红毯，没有颁奖，没有明星，就是单纯关于影像的盛大派对，却足以让他畅游其间。在这里，朱靖江和奚志农、张杨、宋鹏飞、占魁等不同领域的著名电影人主持影像论坛，共同探讨和宣扬影像的力量，影响了越来越多的影像爱好者。

谈到大理国际电影展，朱靖江眼里都是光，他说："当时，从 11 月 21 日至 25 日，为期 5 天的影展，在大理农村电影历史博物馆开幕。15 部来自国内外的获奖自然类纪录片及故事片在全城循环展映，来自国家地理频道的国际获奖制片人、导演、主创纷纷现身，分享电影作品的乐趣和故事。此外，还有多个主题派对——露天电影、电影市集、电影音乐会等等，让来的人都能享受其中，有所收获。这件事是我一直想坚持做下去的，我也希望能让大理成为电影影像爱好者的聚集地。"

V
触摸真实的自己，用自己的方式生活

一部好的影像作品，是能引人思考并能潜移默化地影响他人的。说起让自己受益匪浅的作品，朱靖江向我们推荐了《大河唱》和《上帝也疯狂》。

"《大河唱》这部纪录片中的每一个人物都有着不可剥夺的尊严，他们困于生计，却不会自我贬抑，固守着城里人口中的'老故事、旧唱本'，很值得一看。"

朱靖江推荐的第二部作品——《上帝也疯狂》及其续集，是拍摄于 1980 年的南非电影，讲述了卡拉哈里沙漠游猎部落的布须曼人如何与西方的现代文明不期而遇的故事。他给出了这样简短有力的评价："现在想来，我最终会以影视人类学为志业，都是受该片的影响。"

不难想象是什么打动了朱靖江，让他作出人生的一次次选择。在广袤的非洲大陆上、密集的热带雨林中、大自然每一处奇丽壮美的景色里，那些亲切而令人向往的至真至纯的生活充满了力量，让人触摸到真实的自己，然后选择用自己的方式生活，亦如每个不远万里来到大理的人。

路过全世界，
栖息在大理

小龙

原《中国国家地理》的摄影师，外语专业出身，爱冒险和登山的他机缘巧合之下来到了大理，并最终留了下来，经营一间名为"果树"的民宿。

◆ 奔跑的小龙 被访者供图

◆ 小龙：用脚步丈量美丽的大地

　　小龙是一个历经千山万水的人，很羡慕他那么年轻足迹就遍布全世界。他身上透着一股率性的朝气，发型随意而蓬乱，脚上一双斑驳的靴子让人感受到他的风尘仆仆。他的身上看不到岁月更替的痕迹，有的是"一切都可以随时重来，没有什么大不了"的洒脱。

　　他曾经是《中国国家地理》早期的摄影师。在没有自媒体的时代，《中国国家地理》是一个非常权威、标杆性的地理、旅行刊物。和美国《国家地理》一样，它崇尚和主张探索自然的冒险精神，无数的风光大片出自此。在任何人都可以成为标杆，短视频、网红崛起之后，小龙便离开了这个曾经的传奇刊物。外语专业出身的他出于爱好和专业，走遍了全世界。很多现在随时可以去打卡的网红地，当年并不通车，他都是背包

◆ 小龙在民宿接受访谈　方圆音画供图

徒步动辄七八个小时才到达的。10 年前的理塘冷古寺他就是徒步去的，那时候的样子比现在的还要美很多，路途的艰险也为旅行增添了神秘色彩。

他说："为什么我们不用看《背包十年》这样的书？因为这一切我都可以写，那都是我的故事。"

|

渊源

小龙是一个爱冒险的人，当初之所以选择《中国国家地理》，是因

◆ 小龙在湖边奔跑　被访者供图

◆ 小龙在盐湖道上奔跑　被访者供图

◆ 小龙在斑斓的大地上奔跑　被访者供图

为他喜欢登山和冒险，还有摄影。也正是因为他一直在路上，才会在机缘巧合下来到了大理，并最终留了下来。

2005年去梅里雪山，他认识了一个大理的白族姐姐，她的一句"有空来大理玩，你一定会喜欢上这里"让他第一次来到大理。那时候他还在四川外国语大学上学，大理的一切他都很喜欢，每年一有空就来大理玩。后来因为新媒体的诞生，纸媒受到冲击，他就想改变一下生活方式，于是逐渐淡出了主流摄影圈。

不久，小龙摇身一变，成了大理最早一拨摆地摊的人。他把他的摄影作品做成明信片在古城里贩卖。当时摆摊的人里藏龙卧虎，整个小集市就像一个理想中的文艺复兴王国，有各种民间艺术家、

◆ 小龙的民宿内景 被访者供图

真正的背包客、全世界旅行的人……大家差不多都是赚了钱满世界出去玩，玩完又回去继续摆摊。他说当时买完车票的感觉不是"去大理"，而是"回大理"。他这个路过全世界的人也开始把大理当作栖息地，觉得在大理有归属感。也正是在摆地摊的过程中，他认识了现在一起开民宿的合伙人。

小龙这样形容自己和合伙人："我们不用沟通太多东西，我们的经历是很相似的，还是老乡，他也旅拍做明信片。"

之后，他们一起从新疆骑行到西藏，拍了独立电影。原本他们想在大理开个工作室，真正实施起来觉得不如做个摄影主题的民宿，他也想在大理有个落脚的地方。就这样，两个走遍世界的摄影师留在了大理，有了这家叫"果树"的民宿。

‖
关于客栈

果树坐落在喜洲镇文院滂村95号，有着北非风格的干净清爽。天井里有露天马赛克泳池，夜晚可以看到满天星斗。客房的采光非常棒，躺在屋子里也可以看到外面的满眼翠绿和天空，甚至有一间客房的阳台

◆ 小龙的民宿外景 被访者供图

因为长了一棵樱花树而成为网红，也许这是苍穹之下唯一独占一棵樱花树的阳台吧。

坐在民宿的沙发上，在访谈刚刚开始的时候，像是彝族的古老歌谣，从窗外慢悠悠地飘进来，那是当地妇女正在劳作中吟唱，这淳朴真挚的声音，好听得让我们屏住了呼吸，怕稍一动弹这天籁之音就会戛然而止。在那一瞬间，感觉这个宝藏村落里藏了很多朱哲琴……

当初选址时他们就看上了文院漭村的原生态，村里连小卖部都没有。游客以来自北上广的居多，他们经常在抵达的途中忐忑不安地揣摩，这里到底是个什么地儿？怎么一路走来啥都没有啊……

可在进门的瞬间，游客们就被惊艳了，愣怔中感受到什么叫别有洞天，瞬间放松下来。大部分人感觉来这里后，一切就突然慢了下来。慢节奏，留得住人，是大理民宿真正吸引人的地方，也是大理灵魂的底色。

小龙之前做过旅拍，很多云南本地的生活场景、周边的网红民宿，甚至文旅行业顶级的项目也会邀请他去拍摄。他喜欢和民宿老板们聊天，拍摄完成后基本就成了朋友，交流多了，他对大理很多民宿也十分了解了。他理解的民宿文化，是一种以"人"为本、以"慢"为基调的旅居文化。

小龙说，民宿真正重要的不是设计，如果只是设计得漂亮，就会像一个穿得很好看但内心空洞的人，接触起来总感觉缺少一点儿温度。阳

◆ 小龙的民宿院内的游泳池 被访者供图

光空气、蓝天白云、时间"不紧不慢",才是民宿真正吸引人、留住人的东西。这种灵魂的注入和民宿主人的经营有着很大关系。民宿主人的用心程度与生活理念,会影响民宿的整体气质和住客的旅居体验。

民宿是游客了解大理的第一个窗口,通过民宿主人的眼光和推荐,认识大众游玩的目的地,以及小众才会知晓的有趣之地,领会大理的精髓,更深层次地体验大理。旅行的乐趣应包含人与人的沟通、交流、关切,民宿也就不仅仅是旅行睡觉的地方,它更成为旅途中最重要的一部分,

让人全身心沉浸于"生活在别处"的情境中，使民宿在本质上区别于酒店和宾馆。

大理的一些高端民宿，大多常年见不到店主，而小龙和搭档默契地商定，两人必定要有一人在店里，或者同时都在。他们总是尽可能地为咨询的客人提供最中肯的意见和冷门有趣的推荐，从美食到书店、咖啡店，甚至任何适合发呆的地方。

Ⅲ
他眼中的大理

据说十几年前，苍山之巅四季落雪，但近年雪少了很多。2020年疫情期间，从1月到5月也一直有雪，小龙在春天拍到了苍山有油菜花又有雪的样子，那画面美得惊人。

作为一个走遍世界的摄影师，小龙说大理的苍山洱海是世界顶级的美丽栖居地，可能全世界都找不出10个像大理这样适合人类居住的地方。大理还拥有发达的田园农耕系统、海拔近4000米的山脉和一个庞大的水系环境。大理每天的云都不一样，雪和夕阳，随时带给人们非凡的视觉盛宴。他喜欢大理的傍晚，那时的天空颜色最为丰富，偶尔还会紫霞漫天。

作为风光摄影师，小龙喜欢日照金山，他说有雪的清晨也好看。也许只有深爱一个地方，才会发掘出如此细腻的美……

Ⅳ
他眼中的慢谷

因为拍摄的关系，小龙接触了"慢谷"，慢生活的理念更是和他内心对大理的认知不谋而合。

他越了解越觉得，慢谷是最适合旅居大理的人的栖居地，它不像塞满高楼的城中心，迫不及待地满足本地人的需求。慢谷提供的生活场景是长期定居或漂泊在一线城市的人们所欠缺的，它温和、平静，治愈人心。来自北上广的人，在快节奏和高压下，疲惫不堪。慢谷将大理慢下来的生活状态缓缓呈现在他们面前，这座忘记时间的山谷，引领着他们去了解慢下来该怎么生活。

慢下来不是懈怠和纯粹的慵懒，而是放慢节奏去"细嚼慢咽"，去重新学习并体会生活的乐趣和它的本来面貌。毕竟，生活中有太多比"刚需"有趣和值得花时间去了解的人和事物。

V
他眼中的慢生活

在大理待久了，小龙认为舒适的生活方式一定是"以人为本"的。

俗话说，"人与人之间始于五官，毁于三观"，如果你向往简单快乐的生活方式，那么大理绝对是个你可以找到同类的地方。同时聚在一起的人一样可以保持自己的个性，不必为了什么而让自己变得圆滑世故。那些因为认同彼此价值观而相识相知的人，建立了松弛而舒适的关系，其幸福指数直线上升。

传统的大理人没有很强的时间观念，小龙曾经和一位白族人约好上午的工作时间，但最后对方下午才来。起初他也觉得不可思议，后来却习惯了。这里是鱼米之乡，稻田、物产都很丰富，人们很少去在乎一些人和人情以外的事物，没有必须要完成的"任务"，今天的事情做不了可以明天再做嘛。

而新大理移民，待久了也会慢下来，来大理的意义就是慢下来，这里的生活节奏是人们最愿意回忆的。客人常说，这才是生活，出生不是为了奋斗。慢下来可以享受这里的阳光、这里的慢节奏，可以思考很多东西。我们的人生只有几十年，再过几十年，眼前的一切就都不属于我们了。在这里待久了，你会发现人类真正的"刚需"其实并不多，更多的需求是因为贪婪，慢生活才是更符合内心的最本真的生活方式。

曾说大理，
音传果秋

◆ 曾曾 被访者供图

曾曾

大理电视台《曾说大理》主持人。她在大理电视台新闻频道所主持的《曾说大理》收视率非常高，同时她在喜马拉雅电台演播近100条音频，从大理的人物讲到大理的建筑，是非常受欢迎的人文频道主持人。

◆ 曾曾：我希望大理被更多人看到

I

曾曾印象

　　曾曾和大理一样，秀外慧中，很多元。她是大理电视台的主持人、公众号"果秋了"的运营人、封新城在凤羽"慢城农庄"项目的推动人……她在大理电视台新闻频道所主持的《曾说大理》收视率非常高，同时她在喜马拉雅电台演播了近 100 条音频，从大理的人物讲到大理的建筑，是非常受欢迎的人文频道主持人。

我第一次深入地了解白族建筑中的照壁就是通过她在喜马拉雅的栏目《曾说大理》。那是一个关于大理人文地理的音频，如果你要去大理旅行，那不妨先听曾曾娓娓道来。

　　曾曾是特别知性的那种美女，一双清澈而真诚的大眼睛，齐肩短发。她身着白色连衣裙，手举几盏荷叶依偎在头顶，身后是苍山和云雾。她偏爱纯色的衣裙，或白，或绿，或橘粉……她如此纯真，与大理的气息浑然一体，对大理有着从骨子里透出的爱。

II
曾曾眼中的大理

　　曾曾在大理生活了二十多年，她给大理的定义是——一个自在的地方。因为大理在一个坝子里，有山有水，比较养人，也比较温柔。随着旅游业的日益发达、外来人口的入住，大理越发丰富多元，尤其是在饮食、生活方式方面，全世界的美食、物品汇集于此。她回忆 20 世纪 90 年代初的大理，蓝天、白云、柏油路，白族的农民穿着白族的衣服种地，可是到了古城又有洋人……

　　那是一个非常割裂的二元世界——游客的世界和本地人的世界。但现在你走在路上，从外貌着装上分不清外地人和本地人，不知不觉中边界被打破了。在大理，白族人非常包容，没人会管你、干预你，你能够完全放下之前的枷锁；但有些人来了又走了，他们无法扎根在这块土地上，像种子一样生根发芽，他们找不到合适的事做。

　　她提到前两天采访的一位朋友，是 2015 年左右来的大理，喝茶、看书，待了两年，决定留下来，在床单厂门口开了一间植物店叫"花庵"，主营日本的花器。本以为这种店本地人是不会前去购物的，一定是外地人去逛，但其实本地人也会去逛。这体现的就是外来文化的输入。

◆ 昔昔　被访者供图

当时，她们正在聊天，一位上海的室内设计师进来店里挑了些东西，过程中聊得很愉快。设计师说上海可能生活节奏太快，就算路过同样的店，看见同样的产品也不见得会和老板建立深层的交流。人到了大理状态会受到感染，大理的节奏会放松人的神经，从而还原人生而为人的乐趣。

　　人文是一方水土的根基，是灵魂。在云南，只有大理，拥有有着一千多年历史的三塔。洱海使大理成为鱼米之乡，物产富饶。水是生命之源，任何一个古代文明的形成都围绕着重要的水域。

　　曾曾也喜欢水，最常去的是大理周边的灵泉溪、清碧溪……她带孩子去野餐，打水煮茶。夏天直接把水果丢在溪水里冰着，春天去采花、采蕨菜。她比较享受跟自然的连接，沉浸于野趣之中。如果需要人间烟火，她就转弯去古城。她一直都很喜欢人民路一带，尽管现在人们说人民路和古城很商业化，但那里烧豆腐等小吃都还在，带着记忆的地方也都还在。那里有她的青葱岁月，每每站在那里，时光仿佛倒流。

　　如果要深入大理，可以去大理的一些古镇，比如凤羽、喜洲、洱海周边、双廊，都很特别。如今大理的房子越来越多，物价越来越高，人也越来越多，但一头扎进大理的周边古镇，这些事情似乎也都与自己毫不相干。喜洲有白族百年古建筑群，凤羽的自然环境非常好，是令第一代"驴友"徐霞客流连忘返的世外桃源。沙溪也很棒，是山水田园。总之去周边，不要把自己当游客，要去能看到原生态的地方。

　　对于城市的人来说，在大理，去哪里都很快、很近。因为在城市里，上个班可能都要花一个小时，一个小时的路程可能等来的是堵了无数个红绿灯后客户的爽约和下一个需要穿街过巷的应酬；而在大理，一个小时的路程可能会遇见桃花源，可能会邂逅古建筑群，可能会听到少数民族古老悦耳的歌谣……慢下来，美、好，皆有可能。

◆ 曾曾和朋友接受采访　方圆音画供图

Ⅲ

曾说大理，果秋文化

　　作为一名资深的媒体人，曾曾在电视台尝试做各种节目，民生新闻、人物访谈，但从 2016 年开始，她感觉节目越做越窄，形态相对单一，因为现在没人看电视了。于是她做了"果秋了"这个公众号。

　　"果秋了"是白族的白语音译，是"自在好过"的意思。她不定期

地在这里推送一些关于大理的历史、人文的深度内容，以及一些文化活动交流现场的文章。因为没有条件，所以所有的内容策划、采编、撰写以及短视频的制作都是她和小团队携手完成的，这也是她观察大理生活的方式。

她采访的对象各种各样，有店主、建筑师、手艺人、文化人和艺术家等等，他们构成了大理独特的"软件配置"。从这个公众号，读者可以跟随她一起挖掘到平日里并不显现的大理，都是精髓，说它是大理的人文地理百科全书也不为过。

IV
凤羽"慢城农庄"

"大隐隐于朝，中隐隐于市，小隐隐于野，微隐隐于凤羽。"

——封新城

"凤羽，有着千年历史积淀的白族文明聚集之地，亦是茶马古道之上的重镇。相传'凤殁于此，百鸟集吊，羽化而成'，故名为'凤羽'。"

凤羽，在大理当地也是一个有着文化积淀的地方，它在唐朝时就有书院。它是第一代"驴友"徐霞客流连七日的桃花源，是歌手李健梦里来过的地方，是《新周刊》执行总编封新城"封老爷"的微隐居秘境和头部度假策源地。

2014年，封新城在大理凤羽盖了一所宅子，取名为"退步堂"，由此开始了自己的乡村实践。

于是，"慢城农庄"诞生了，封新城要将凤羽打造成中国的"艺术达沃斯"。

凤羽慢城农业庄园是一个倡导"酷农业、软乡村、融艺术、慢生活"方式的项目。这里融合了许多慢生活的理念，如慢餐饮、慢休闲、慢运动、慢阅读、慢创作等，旨在让繁忙的都市人在闲暇之余能享受不同的生活。

曾曾谈到慢城农庄时，非常有成就感也非常有信心，那里有她努力的成果。他们给物产、生态找到了合适的表达方式，不是否定和破坏原生态，而是利用这块土地建立一些休闲娱乐的基建设施。她说起项目的新建筑——湿地里已经立起的金属雕塑，这些东西在她心中有不一样的价值。而且这个项目对于受众来说是有门槛的，起码他们需要向往慢下来的生活，想去体验"微隐"生活。

V
慢是一种奢侈的体验

在当下，"慢"是种非常奢侈的体验。

曾曾聊到她的事业时，脸上都洋溢着幸福，她很享受每一次学习和积累的过程。她完全是无偿参与封新城在凤羽的慢城农庄项目的。对此，她很坦然，人都是有所图的，她并不图那些旁人认为的重要的东西，更在乎事情本身是否有意义。"慢城农庄的核心就是'慢'，慢是最奢侈的。"

首先，在这个创造奢侈的过程中她获得了新的认知、新的圈子、新的想法。这些是可遇而不可求的，更加珍贵。其次，预期不用太高，她觉得目前的推广效果已经非常不错了，一个新项目的推进是很困难的，需要时间，急功近利不可取，她能和一帮志同道合的朋友一起享受"慢"的奢侈，也给想体验这种奢侈的人创造环境，已经"果秋了"。

◆ 苍山洱海间的大理　方圆音画供图

◆ 秋收时节的大理　方圆音画供图

Ⅱ

趣乐大理
Fun Dali

木田时间，
种下新生活，
惊艳旧时光

老白

生于 1976 年，在北京工作了 10 多年，从建筑、室内设计做
到家具和配饰，干得风生水起。7 年前，老白一家三口搬来大
理，开过画廊，也帮许多人做过空间设计。慢慢的，老白越来
越意识到，帮别人盖房子，还不如自己倒腾来得快意。

◆ 老白　方圆音画供图

◆ 老白：生活的意义源于不断创造

Ⅰ
一次决定迁徙的堵车

老白离开北京时从没想过会在白族村落修复老院子。带着出生 3 个月的果果来大理前，他也从未踏足过这片彩云之南以风花雪月著称的地方。但是，妻子 Echo 喜欢，来云南旅行过的她，一直对这里念念不忘。

7 年前的夏天，两人被堵在北京的机场高速上，他们开的家居馆在朝阳区高碑店，居住的欧式别墅在城市的另一边，经常要往返于内环到外环的高速上。烟灰色天空下一圈圈停滞的环形路，像一条僵死的蛇。

老白在中央美术学院学的是雕塑，毕业后转做室内设计，Echo 是纯正的理科女生，但对艺术和美有着天生的敏锐，喜欢软装和家居设计，拥有自己的原创家居品牌。十几年的设计师生涯，让夫妻俩在北京家居行业积攒了优质的资源和极好的口碑，他们经手的名人、明星家居和高端会所、奢华俱乐部无数。但在北京一个司空见惯的阴霾午后，这波澜不惊、扎实光鲜的生活，被连根拔起。

Echo 说："我们能不能离开？"老白想了想说："能啊，去哪儿？"对于那些对美和自然心存敬畏的人，大理有天然的吸引力。Echo 说起那片心动的远方，随手搜索出清澈的蓝天、高耸的云朵，苍山、洱海、森林就这样静静躺在手机屏幕上，在宁静的空气、温柔的晚风碰触肌肤之前，大理就撞进了心里。

青春年少时，我们向往繁华的生活，一心想走得更高，拥有更多。人到中年后，疲惫的内心竟会被一片异乡的天空抚慰，那里是大理。

老白说，北京曾是全世界最有意思的地方，那时他几乎经历了从圆明园、798 到宋庄这些艺术区最早的原生态的发展阶段，那些激扬的不眠之夜、潮涌般的展览、澎湃的自由精神，给了他无尽的灵感。他所擅长的室内设计与装饰事业，也伴随房地产的高歌猛进发展得风生水起。

但随着物欲和攀比日渐泛滥后，有趣的北京消失了。激情回落、套路多于新鲜的尝试、创作瓶颈若隐若现，这些是每个以艺术为生的人，绕不开却必须要解开的难题。更重要的是，Echo 怀孕了，两人希望能给新生命一个更美好的生活环境，一切都来得刚刚好。

再见，北京！

你好，大理！

II

你好，新生活

每间老屋的前身，都是旧主人的殿堂，那些被时光遗忘的院落，最后成了废墟。

老白和 Echo 穿过人声鼎沸的洱海，绕过日夜施工的双廊，循着茶

◆ 老白在民宿后院　方圆音画供图

马古道上的足迹，找到了这个白族村落。他们最初看到的不过是一片被荒草掩埋的断壁残垣，房屋坍塌、院落荒芜，从老屋到树林分属 17 户人家，连绵半个村落，常年风吹雨打无人问津。老屋成片破败的背后何尝不是整个村落的衰败？一起凋零的还有被抛弃的古老文化。

　　摩西劈开红海，抵达流淌着奶和蜜的应许之地时，天地间一片荒芜。老白和 Echo 走过那么多村庄后，被这野草丛生、荒废多年的老屋打动，他们知道，所有的流光溢彩与人间烟火，都是从荒芜开始的。

　　这里能看出白族独特的民居结构，十几间老屋既相连又独立，周边有茂林修竹，春天落英缤纷，夏天芳草萋萋，有处院子始建于清嘉庆年间，有几间老屋的历史比故宫还要久——这片别人眼中的废墟，在他们眼中是闪亮的瑰宝。那些坍塌的墙壁、黝黑的房梁、杂草摇曳的屋顶背后，是凝结了百年时光的璀璨文化，里面饱含古老的生活艺术和拙朴的

建筑智慧，带有血脉相连的手艺传承，哪里有比这更好的创作空间？

十几年的艺术积淀，在这块应许之地，以厚积薄发之姿尽情释放。只要还有热情，只要那颗奔腾的创造之心不死，卷起袖子，就能重建想要的生活！

再见，旧时光！

你好，新生活！

Ⅲ

文化永远是最高级的表达

如果你习惯了用过即弃的快餐生活，家里塞满尚未开封的新东西，收到快递后很快就失去兴趣，那么拼装、重组、修复老屋的漫长过程，

◆ 老白展览的器物 方圆音画供图

几乎是一场对心性的考验，一次创作的修行，一件让你必须凝神静气认识慢，且认真慢下来才能完成的手工活。

随着方案成形、风格确定，图纸终于不必再改，空间按照最令人满意的方式一点点呈现出来，你能清楚地看到"文化"不再是一个缥缈的词语，它就展现在每一寸空间中，是廊柱上的龙头凤头装饰，是70多岁老木匠梁间雕刻的花饰，是按照白族风俗修建的风水朝向，是门前蜿蜒而过的茶马古道……

那些快要被时光埋没、隐藏在老院子中被白族人世代传承的文化，经过2年多的修复后，在一个叫"木田时间"的野奢艺术酒店中重获新生，那些必须经过光阴打磨才能呈现的美、那些经时间淬炼得以形成的痕迹与纹路，以及从欧洲古堡中淘来的艺术装置、从法国意大利运回

的艺术品，都随老白夫妇一起穿越山海，被安放在各个空间里，成为酒店新生命的一部分！

新空间延伸出新的生活方式，也会让本地人重新审视对于传统与潮流的认知。

最初，老白修复老屋的举动，让世代居住在这里的白族人感到不可思议，酒店最流行的房子难道不是标间吗？城里人的房子金碧辉煌，打工回来的邻居也照样盖起了小别墅，大门上装着铜钉、房间里有罗马柱、地面铺着大理石、屋顶挂着欧式吊灯。小小一方村落，潮流和传统以不同形式争夺着空间话语权和关于美的定义。

美，没有标准答案，但文化永远是最高级的表达。

老白说，这些最传统的院落和房屋，现在的人是造不出来的，修复比新建难太多，如果你不能识别出它的美、感受到文化的魅力，如果你内心没有渴望，修复中碰到的困难和麻烦会让项目的完工之日变得遥遥无期，但走过的弯路和摸索出的经验也成为他来到大理后最重要的收获之一。

"木田时间"一经开放即惊艳全场，也收获无数好评和业界奖项，当地政府和村民也开始邀请老白参与更多村镇的复兴和建设中，木田的产品系中除了酒店民宿，还有文创、疗养、酒窖等。未来木田系在大理风花雪月的滋养下，也将生长出更多可能。

7年前，带着全副身家来到大理的老白，并不知道如何在这片陌生的土地上扎根。他在古城床单厂艺术区开的首家艺术画廊，赔掉了很多钱；那些人潮汹涌的洱海民宿也不是他想要的；有院子情结的人去哪儿能找到承载自己艺术梦想的地方？

修复老屋也是修复自己，那些在城市中膨胀的身份和被挤压的想法，在大理逐渐复原。他从一个行业设计师，变成了和村民一起干活的创作者、酒店的管理者、招呼客人的服务生、白族老村里的新邻居……老白得到丰富的不仅是身份，还有对生活更深层的理解与热爱。

7年前那个叫果果的婴孩尚在襁褓中，7年后他已经成长为机灵淘气的小男孩，他在大理的山岚稻田间自在奔跑，在蓝天白云下闹腾玩耍，就照着当初爸爸妈妈所期望的样子成长。果字拆分为二，便是木田，一木一田，随万物生长，有无限可能，时至今日。

再见，老屋！

你好，木田！

◆ 民宿中的老白 方圆音画供图

小而美好的新生活，
旅游目的地的
民宿之路

刘汉捷

从事精品民宿相关工作 7 年多，是町隐民宿学院的创始人，
北京町隐酒店管理有限公司首席执行官，"既见"系列非标
准住宿主理人，云南民宿产业联盟发起人。

◆ 刘汉捷 被访者供图

◆ 刘汉捷：我喜欢小而美的生活

一千个人有一千个理由，爱上云南。毕竟，这里有苍山、洱海，还有自由的灵魂、浪漫的故事、休闲的生活，有的人留了下来慢慢享受，也有的人尝试用一间民宿让更多浮躁的心灵在此归隐。刘汉捷，便是其中一位。

作为民宿行业的资深从业者，他不仅拥有多年的一线民宿运营经验，还根据不同客人的喜好和需求创造了"既见"品牌——既见·子园望海山居、既见·欢喜花园民宿、既见·苍海宿集等多家民宿。

这场关于一个自由的灵魂追逐内心的对话，在盛夏的午后开始，那天风很静，茶很香，他像一位多年老友，谈着骑行的风和民宿的光。因为说的是内心热爱的事物，他温和的语调中总有一种难掩的澎湃的激情。

I

我要从东骑到西，还要从内骑到外

在关于刘汉捷的报道中，除了民宿，被提及得最多的就是骑行了。

骑行对于他来说有着十分特殊的意义，那不仅仅是一个简单的爱好，更是生命中不可替代的一部分。他尤其享受骑行在路上的感觉，速度由内心掌控，眼前的风景如时光流转，未知的远方带着神秘的吸引力，成为坚持不懈、努力前行的信念。一路上，有时顺风，有时逆风，有时晴天，有时阴雨，但他坚信，无论遇到什么样的情况，只要始终向前，终会抵达想去的地方。

刘汉捷对骑行的热爱与童年的成长环境有关，他出生在福建中部一个山区小镇，地形为盆地，周边都是山，被群山环抱的家乡让他从小就渴望看一看外面世界的样子。上学后，书读得越多，好奇心就越强，在对远方日益茂盛的好奇中，他开始了人生的第一次骑行。

高二寒假，他用了9天时间绕福建省骑行一圈；高中毕业时，他完成了华东五省一市的打卡；进入大学校园后，他组织骑行俱乐部，带着小伙伴环渤海骑行；即使后来参加工作了，他也会经常来一场说走就走的旅行。

他每一次抵达向往的终点，便会激起更强大的探索欲望，路漫漫其修远兮！白日不到处，青春恰自来。说起当年的往事，依然能从他神采飞扬的表情里，看出内心的激动，每一段骑行之旅都是人生中珍贵而美好的时光。

大学毕业后，刘汉捷和很多年轻人一样，选择了"北漂"。扎根城市，朝九晚五，灯火通明的写字楼里，也曾有他作为标准精英的一方天地。但热爱骑行的人注定不会"安分守己"，按部就班的生活像一潭死水，浇不灭寻找向往的生活的冲动，他明白心之所向，辞职手续办理得很快。

他辞职后的第一件事，就是独自骑行去藏区。

从西宁到玉树、从拉萨到加德满都，整整45天，他骑着摩托车深入三江源腹地，一直到黄河正源。崎岖而优美的路上，他自在如风。

说走就走，随时遵从内心，人生没有那么多可纠结的事，想好了就

◆ 刘汉捷的民宿　被访者供图

去做，不然就会有更多遗憾。生活中的很多片段是独一无二的瞬间，错过了，追悔莫及。所以他尽可能地享受当下，不将时间浪费在无效的犹豫中。

人生就是要敢于尝试，有时候做一些"傻事"，反而会让生活更广阔。

II
吾心安处是大理

年轻是生命最好的赏赐。肆意、潇洒、无所畏惧，这样不考虑太多的行为，在旁人眼里或许是有点儿"傻"，但也活得令人羡慕。毕竟，不是谁都有刘汉捷那样的勇气，可以恣意选择做自己。

就像最初执意要留在大理，刘汉捷也带着同样的"傻气"。他以为自己是一直在路上追寻未知的人，却不承想被大理的小镇绊住了脚步。他发现这个地方，竟和自己追寻的生活如此匹配。

走在大街小巷上，刘汉捷觉得自己原本就属于这里。有一句话这样说道："乡愁是一边流浪一边播撒的种子。在心安处，落地生根，从此

◆ 民宿项目 被访者供图

有了第二故乡。"此心安处是吾乡，遇见大理，就撞进了他的精神原乡。

在大理，刘汉捷找到了探索世界的另一种方式。以前他的探索在路上，更多的是向外延伸的距离和广博；这次他停下脚步，驻足体验，在生命和生活层面有了向内思索的深邃与丰饶。

大理拥有这样的氛围——让每个急于奔波的人放缓脚步，拂去浮尘，归于宁静，寻回最本真的初心。第一眼的自然风光，带给人们最直观的美好触动。等进一步了解风土人情与历史人文后，人们便很可能成为深陷这座城池不愿离去的信徒。当时间的流速被放慢、生命的脉络清晰浮现时，他知道自己曾一路追寻的答案，终将在此找到最佳注解。

Ⅲ

开办町隐民宿学院

应朋友邀请，刘汉捷得以与大理民宿结缘。在尝试参与了一家民宿的筹建和运营后，他又去另一家民宿做了店长，并通过系统化管理大幅提升了入住率。春去秋来，淡旺季轮转，经过几年的成长和积累，他很快成了一名资深民宿职业经理人。开一家属于自己的民宿便水到渠成，

◆ 民宿中的院子 被访者供图

同时他和一群年轻人创办了町隐民宿学院，一路走来，由浅入深，从精到专，离不开对生活、对人生的不断探索。

就民宿事业而言，即使在行业内浸淫多年，刘汉捷依然认为自己的理解还不够深刻。用更具前瞻性的眼光来看，民宿的兴盛还在未来，人们不应满足于现在。至于行业最终的发展轨迹，那是太遥远的事，他只能说，根据多年的践行和趋势判断，民宿必将走向定制化、高端化、多元化。

云南是国内民宿业的发展高地。近年来，民宿数量呈爆发式增长，品质良莠不齐。刘汉捷发现民宿数量虽年年攀升，但兼具实操能力和行业理论素养的人才却无法得到快速补充，特别是服务于一线的管家和店长，其数量和质量都很难得到保障。

在他看来，这种状况是制约行业成长的隐患，管家和店长是民宿的服务和运营体系的核心，他们的个人水平和专业素养影响着民宿的运营和行业的整体水准。

基于这样的诉求与市场背景，他开办了町隐民宿学院，提供了一个关于民宿的专业平台，整合行业上下游资源、组织活动、市场调研，为民宿人持续发声，更重要的是培养人才，在根本上为行业赋能。

◆ 民宿中的草坪 被访者供图

IV
播种未来

目前，町隐民宿学院的发展始终朝着刘汉捷的预想方向行进，成绩卓著。

一年四季，他组织论坛交流活动、培训考察，聚合了良好的民宿业主圈层，并通过共建培育的方式，打造出了适应非标准住宿产品的课程，还和云南省多所院校建立联系，实现校企合作。

现在，他创建的学院模式也走出了云南，开始在全国推广实践。未来，刘汉捷非常期待能带领自己的团队，打造出更专业、更系统的平台，培养出更多具有专业素养的学生，让他们在生活变得更有品质的同时，带着对大理、对家乡的热爱和自己的本领，把新的理念和新的希望播撒到故乡的土地上，将那里最有价值的美好保留，也吸引更多的人来欣赏和分享。这样，就能够让更多的人愿意回到家乡，保护而不是透支资源，因为那是精神的原乡，是我们心灵的归依！

生命是一场体验，
让自己
离自己更近

高高

大理"我们院儿"主理人、朋友们嘴里的"美厨娘"，芳香疗愈师。
"我们院儿"是高高与孩子的梦想家园，更是每一个有缘人在大理的家。在这里，你会和自然在一起，找到内心深处的幸福密码。

◆ 高高　方圆音画供图

◆ 高高：大理是一座疗愈心灵的花园

　　高高喜欢法国梧桐。和她聊完的这两天，每当我路过法国梧桐时，我就会想到她，会想把视线范围内所有的法国梧桐都拍给她看。可她在我脑海里，是一株让人无限惊叹的黄杨。

　　我问了一个比较私密的问题——"您的签名'生命中每个阶段的体验，都是为了让自己离自己更近'这句话中的'自己'指的是什么？"因为直觉告诉我，这句话的背后隐藏着某种不寻常的力量和不寻常的故事。

　　她说，这个自己，是一个更多元的自己，一样东西看不见并不代表它不存在。沉默了片刻，她又说，写下这句话的时候，她刚生下儿子"二宝"，而孩子的父亲、她的爱人刚去世 3 个月，她称呼他为"王哥"。

◆ 高高和儿子 方圆音画供图

I
梦幻而美好的童年

　　高高出生在四川，6 岁以前她都和家人生活在乡下，她的童年充满了阳光、雨露和漫山遍野的绿树、鲜花，开心而满足。她认为大自然对内心的滋养、对审美的影响、对人和人之间美好关系的建立，都很重要。她总能遇到好的朋友、好的事情，除了父母给予的好性格，童年时期大自然的浸润和呵护也不无裨益。那时候她家楼下就有一棵很高的法国梧桐，所以她到现在都依然特别爱法国梧桐，只要去到有法国梧桐的城市她都会有一种莫名的亲切感。

　　她回忆说，因为妈妈很懂植物，小时候哪里不舒服，妈妈就随手在家的周边采一些植物回来给她和家人调理身体——四川很多人会用草药，藏区的人也会，凡是和大自然连接的人，多少都会了解各种植物的用途，所以她也很懂得这些植物的妙用。妈妈还烧得一手好菜，很多年

◆ 院落中的花架 方圆音画供图

以后，高高如果情绪不佳，或是身体不适，就会回忆着童年时妈妈做的菜，按照一样的食材和程序去呈现同样的美味，再吃下去，坏情绪和不适感就瞬间烟消云散了。所以她也确信，食物是有疗愈作用的。她身边的朋友更是认同这样的说法，她家的厨房和客厅永远很热闹。经常会有远方的朋友告诉她，好想念她做的菜。

II
无常与疗愈

　　高高是她的母亲在 40 多岁时生下的小女儿，是家里人的掌上明珠。在那个物资匮乏的年代，家人总会想方设法争取来一些凭票才能买到的东西，有时候是糖，有时候是衣服……可是这些最珍视她，也是她最亲爱的人，却总是猝不及防地从她的生命中消逝，让她的童年、少年时期都蒙上了难以抹去的阴影。她小姐姐去世时，女儿只有 9 岁，她觉得上天不公，不能接受如此善良的家人的离开。这份伤痛直到 2013 年才得到疗愈。而后来，当她的母亲和她亲爱的王哥在一年内相继离世时，她开始进行自我疗愈。

　　母亲去世那天，她除伤心和不舍以外不再感到恐惧。她舍不得母亲的爱意，希望可以将其延续。她希望母亲的这份爱意可以像一颗种子一样播撒开去，生根发芽。于是在母亲去世的当晚她决定要一个孩子。就这样，她真的获得了这份珍贵的礼物，有了二宝。可是她就像是一个背负特殊使命，必须接受上苍反复锤炼的人一样，在她怀孕 7 个月的时候，她的挚爱王哥却突发意外离他们母子而去了。

　　时间一天天过去，随着二宝的出生，高高在伤心的同时又体验到了初为人母的责任和喜悦。她时常审视自己，审视自己痛苦和欢喜交替上场的人生，她知道老天给她的功课是要让她看到生命的无常，让她反复体验分离，放下执着。她在尝试接受这种状态的时候，写下了"生命中每个阶段的体验，都是为了让自己离自己更近"。

　　当她提到王哥时，二宝跑过来开心地搂着她说："妈妈，你的'王哥'就是我的爸爸。"

◆ 民宿一角 方圆音画供图

III
大理——自我疗愈的家园

    高高曾经是一名走遍大江南北的背包客，也笃爱很多风景美丽的圣地，可是在她看来真正需要一再重返、适合生活的地方，也只有大理了。她说大理人非常可爱，他们早上不会那么早起来，七八点钟才开始摆摊卖东西，下午四五点就收摊回家。有一次她逛大理的菜市，在快下班的时候摊主会对她说快点儿，他们要收摊了，这种情形她以前从未遇到过。她第一次来大理时是 2002 年，只是路过此地，结果一见钟情。当时洋人街还是很原始的样子，有异域风情也有本地文化。傍晚她从三塔出来坐了辆马车，穿过一片田野。田野的边缘有一所破旧的房子，房子外开满了黄色的小花……远处太阳落山，晚霞倒映水中，鸬鹚站在粉蓝色、粉紫色的水面上，美得过分。她回到古城，再看到白族大姐烤的五花肉嗞嗞冒油，那一刹那她觉得，大理太美好了，幸福不过如此！大理吸引她的不只是这里的阳光、雨露和独特的气候，还有这里的人——他们很

◆ 草木芬芳的民宿小院　方圆音画供图

爱自己，也很爱大理，还很爱生活、懂得生活、享受生活……所以大
理的每个角落才会显得这么恬静而美好。大理就是她梦想中的家园。

　　后来她在成都开酒吧的时候，每当遇到人心情不好时，她都跟人说，
去一趟大理吧，那里太舒适了。朋友们都笑称大理市市长欠她一个"编
外市民奖"。所以在她作为妈妈要为孩子挑选一个美好的童年家园时，
她抱着半周大的二宝来到了大理，这也是王哥生前特别喜欢的地方。

　　她计划在大理租一个院子，花团锦簇、绿叶成荫，儿子有足够大的
空间和充满爱的大自然陪伴成长。多出的房间，可以接待同频的朋友和
旅人，这样儿子的童年也不孤单，收入也可以维持生活。可是看了很多
的房子她都不满意，她独自带着一个小婴儿，逐渐疲惫和焦灼。正当她
打算放弃大理、回成都的时候，一个之前认识的小妹妹像天上掉下来的
精灵一样，非要引她去看某个院子，她也不好推托，只得去了。结果她
们沿着红龙井的城门走了10分钟，在毗邻大理古城的石门村停下了脚步。
高高站在这个院子跟前看了又看，多日来寻寻觅觅的辛劳逐渐散去，院
子的蓝图在她脑海里逐渐浮现。于是她都没还价就定下了这个院子。高

高是一个心胸宽广的女子，心里永远装着她的朋友们，她和朋友们彼此像家人一样相待，所以她给院子起名为"我们院儿"。如今这个院子就像她曾经构想的那样，一年四季都盛开着鲜花，二宝和小伙伴们在花丛中嬉戏。时常有朋友或朋友的朋友带孩子来小住，阳光洒下来，"我们院儿"就一派"岁月静好的景象"。不知不觉"我们院儿"的鲜花已经伴着这对母子盛放了6个春天，很难想象这个温柔的女子有这般强大的自愈能力，就像花一样谢了再开。她不光会自我疗愈，当下，她还在疗愈着更多的有缘人。

IV
"我们院儿"——众人的幸福家园

来到大理后，除了养育孩子、打理"我们院儿"，高高还认真研习了多个疗愈的课程，比如食物疗愈、花园疗愈、声音疗愈等等。如今她已是一位资深的芳香疗愈师。她介绍说其实疗愈的原理都是一样的，她只是在帮助大家和自己产生连接。因为只有在和自己的内在合一之后，才能真正地"向内看"，然后觉察到自己潜意识里的问题，这之后才能够进行疗愈。比如芳香疗愈，需要配合芳香疗法的洞悉卡，又称直觉式芳香疗卡，帮助朋友洞悉内在的一些情绪，再通过对精油的嗅息、身体涂抹以及按摩，进行情绪和身体的疗愈。都市里的人生活在混凝土搭建的钢筋围城里，甚至有些窗户上还封着铁栅栏，长此以往必然影响人体健康。高高也会根据不同的人、不同的身体状态调制不同的精油进行调理，效果显著。因为她所用的精油是从香花中萃取的，所以大家称呼神奇的她为"香女巫"。

原本她计划等到二宝上小学他们就回到大城市，可是现在二宝也特别爱大理、爱"我们院儿"。她也不想每天把时间花费在拥堵的交通上，

◆ 院内的绣球花　方圆音画供图

所以母子二人决定继续留在大理，留在"我们院儿"。她平日也售卖自己做的果酱、酱料，帮朋友调制精油，还和花艺师朋友一起组织了很棒的花艺游学活动。她与儿子的生活和"我们院儿"一起变得更加多元和忙碌，也更加坚定和幸福。"我们院儿"已成为朋友们的幸福家园，爱意是一切的种子。无论发生什么，只要爱意的种子还在，有阳光和雨露，爱意就会生根发芽，长成繁茂的大树，洒下一片阴凉。而大理，有阳光，有苍山洱海，有朋友街坊，有高高神奇的妙手，生活自在又美好。

　　未来的"我们院儿"会继续面向同频的朋友。在这里，人们可以锄草，可以发呆，可以品尝美食，可以体验量身定制的疗愈方式……人生是由多个单元小故事组成的电影，何不选一个更美好的故事，让自己换个角色，活在幸福的当下呢？一切都是为了让大家离那个美好的自己更近。

经过漂泊旅途，
更懂家的意义

邱义松

河北小伙，10 年前因车祸高位截肢，母亲连遭打击患上抑郁症。为了
让母亲走出悲伤，邱义松携母踏上 "疗伤之旅"。 如今，邱义松在
大理主理 "三只脚" 民宿，游客们都说在他的民宿里不但能找到家的
感觉，更能感受到邱义松母子不屈服于命运的精神。

◆ 邱义松 方圆音画供图

◆ 邱义松：每一种生活都值得认真地过

　　人生如寄，该如何安放自己？对邱义松来说，答案朴素而浪漫，与千年前古人的一样庄重。曾经风霜覆盖了他的生活，却没能掩埋他的生命力，他的步伐也许比从前的慢，但他却抵达了此前从未想过的远方。最终，风霜成了养分，让他成长为更坚强、柔韧的人。

　　读万卷书，行万里路，走过人生的谷底，看过世界的辽阔，在大理明媚的阳光下，他找到了想要停驻的心灵港湾，开始用双手搭建自己的家园，与路过的人分享自己蹚过生命之河的闪光纪念。

不认命的少年

　　邱义松老家在河北省沧州市盐山县乡下，父亲是一名普通工人，母亲在家务农，家境平凡，在 2010 年之前，他的生活和大部分人一样，平凡而幸福。

2010年初，父亲被诊断为癌症晚期，为了尽快让父亲得到更好的治疗，大学毕业后，邱义松立刻进入一家旅行社工作。盛夏七月，作为导游的他在带客的旅途中发生车祸，血染大地，苏醒后他发现左腿被高位截肢，刚刚开启的人生旅程，就这样被摁下了暂停键。

一个刚大学毕业、生命的华章尚未开启、欢腾的青春尚未结束的年轻人，失去一条腿，余生要面对的不仅是残缺的身体，还有生命的缺憾。在他出车祸后不久，父亲便去世了，这让他陷入了更深的愧疚和难过，他不知道生活为什么这么残酷。

世事多无常，他反复问自己："你要认命吗？"

邱义松没有选择，只有一个信念——打赢这场维权官司，向命运叫板，和苦难死磕！

这条路何尝容易？从2010年夏天起，邱义松便带着妈妈开始风雨兼程、寒暑不停的上诉之路。为方便自己和照顾妈妈，他买了一辆电动小三轮，春寒料峭，盛夏酷暑，秋风乍起，凛冬结冰，都没能让他停下脚步。他能带妈妈躲避风雨靠的是那段高架桥下的"庇护所"。桥上车流呼啸，眼前万家灯火，他的心底有汹汹的坚韧。

在漫长的维权路上，很多人出于好意劝他放弃，反复提醒他，差不多就行了，坚持下去也不会有好结果，但这反倒让邱义松下定决心，就算一辈子什么事也不干，也要将维权进行到底。

在最难的时候，他的生活也失去过方向，仿佛除了渺茫的上诉，人生再也没有别的意义，更遑论什么梦想。一次偶然的机会，邱义松在汽车之家论坛上看到一名车友排除世俗的偏见，带全家幸福自驾游遍全国的事迹。

微小的个体也可以按照自己的想法过一生。灰暗的心境被点亮，邱义松像是突然间找到了自己的人生方向，无论身处何种境地一定不能忘

◆ 三只脚民宿　方圆音画供图

记曾经的模样，不能忘记那个要仗剑走天涯的少年。

　　于是在维权之余，邱义松一边在论坛上追这位车友的帖子，一边开始规划自己的旅程。终于在 2013 年底，他拿到了部分赔偿款，购买了人生第一台车。在维权事宜尚未完全解决时，邱义松便按照筹划多时的路线，带着妈妈开启了游遍全国的旅程。

　　从 2014 年夏天到 2015 年底，邱义松和妈妈用 400 多天的时间，走了 270 多个城市，行程共 10 万多公里。他一路带母同游的事迹感动了很多人。无惧坎坷和风雨，他们走遍了祖国的大江南北，邱义松带着母亲沿 318 国道进藏，最终抵达了他心中的梦想地——拉萨。

　　旅途并非一帆风顺，他们也不能按普通人游山玩水的节奏行进，更要不时克服困难和突发情况，但漫长的维权之路磨炼了他的心性与耐力，让他收获了非一般经历可比的生命财富。对他来说，征服大地的旅程更像一次历经艰苦跋涉、找寻自我的奥德赛之旅。

　　生命从自然中孕育，自然也拥有了无与伦比的治愈能力。邱义松说，旅行过后，他的心逐渐平静下来，他不想再漂泊了，也想给多年来陪他操心奔波的母亲一个安稳的家。由于身体的关系，他找工作有难度，只能自己创业，于是他边旅游边在各地考察自己的创业方向。

　　"我爱旅游，却不能当导游，只能从事一些与旅游相关的行业。"2015 年底，邱义松带着母亲来到了大理。经过仔细思考，他决定在大理开一家民宿。他失去了一条腿，只能架着双拐走路，于是给自己的民宿起名叫"三只脚"。

　　从此，大理多了一家可爱的三只脚民宿，朴素而温暖。

◆ 邱义松和民宿的花 方圆音画供图

‖

"三足鼎立"的大理

人与城市一见如故，是人，亦是城市的荣幸。

邱义松说，大理能让他心中起伏的波澜变成平静的海面，他像是找到港湾的小船，终于可以安定下来了。

"大理是个好地方，人到了这里就没了身份，科学家变成农夫，程序员当了木匠，流浪歌手不再流浪。原来人还可以这样活。"在大理看到了生活的丰富形态后，邱义松决定开一家属于自己的民宿，母亲很支持他的想法。

得益于媒体的报道，邱义松要在大理开民宿的消息传开了，许多好心人帮着他选地点，很快，他租下了一套三层的楼房。要装修成一家与自然浑然一体的民宿，这是邱义松的最初想法。

但由于经验不足，盘下民宿后不久，邱义松便被骗了，投入了10多万元的装修费，非但没有把客栈装修好，反而搞得不伦不类。第一次装修，失败了。

◆ 邱义松的新民宿　方圆音画供图

　　推翻重来吧，眼看着 10 多万元打了水漂，母亲心疼了，说："实在不行就算了吧。"

　　邱义松不甘心，他是那种不达目的不罢休的人，要对民宿进行第二次改造。

　　有了第一次的失败经验，这次，邱义松更加谨慎，不懂的地方就上网查资料学习或向大家请教。搭建钢结构、修理小花园、改水、改电，凡是自己能做的，邱义松都亲力亲为，一脚泥，全身土，满脸尘……终于在 2018 年的春节前夕，第一家三只脚民宿开业了。

III
走出阴霾，重获新生

邱义松用自己的努力和乐观，感染着身边的人。因为身体不便，他的精神被锻炼得更为坚韧，无形中弥补了无法抹去的缺憾。

重装焕新后，三只脚发生了巨大变化，原本杂乱的院子搭建起了视野开阔的平台，房间也变得明亮通透，按照邱义松的意愿装修的民宿，得到了更多认可与好评。游客从四面涌来，有从新疆远道而来的，有从北京、天津经常往返的，还有从乡村田野星夜赶来的……

客人不仅愿意住进邱义松的民宿，也喜欢和他交流。一位去大理的游客，下了火车，坐上出租车，路上听到的全是有关邱义松和他的民宿的故事，于是专程入住了邱义松的三只脚，接连住了四五天，就是为了听他讲带母旅游的故事和他创业的经历。

"我不是卖惨，也不想博取别人的同情，"邱义松说，"我想让更多的人知道，无论遇上什么不顺心的事儿，都要坚强面对，走出阴霾，生活照样可以再次变得灿烂。"

IV
带上妈妈重新出发

大理好风光，吸引无数游人墨客驻足观赏，但邱义松是个朴实而浪漫的人。他说选择大理的原因之一是他有次去菜市场，看到市场里热腾鲜活的场景，喜欢上了这种别处难遇的蓬勃生机——即使身处隆冬也有饱满的生命力，像理想家园在现实中的投影。

现在，邱义松不再以携母旅行为生活重心，因为他们都爱上了大理，有了安定美好的生活。三只脚民宿算不上豪华，但它让邱义松在大理找到了自己的存在方式，通过民宿他可以接触到来自五湖四海的朋友。

虽然身体不能天天远行，但他的心会跟随着认识的朋友快乐旅行。他也并没有完全放弃旅行，累了，他会给自己放个假，带上母亲重新出发。

如今，邱义松在大理已经拥有了 3 家属于自己的民宿，未来他还想把民宿开到海南、新疆等地，创业的脚步将如同他走遍全国的志向一样，延伸至远方。

大理的时间缓缓、日子慢慢，其独特的安定感让在这里的人对生活感到笃定，让心有归处。这也正是家的意义，因为始终可以回去，才能放心走得更远。时刻准备上路，与美景相遇，这是生活给予每个认真活着的人最美好的馈赠。

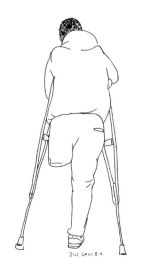

◆ 一个人能走多远，取决于你的心有多大

一个美国人的
中国梦，
喜林苑的
传奇梦旅人

林登（Brian）

喜林苑品牌创始人，美国斯坦福大学东方历史学
博士，前美国哥伦比亚广播公司驻华摄影记者，
电影《他从大洋彼岸来》男主角，等等。

◆ 林登　方圆音画供图

◆ 林登：此心安处是吾乡

　　他说，如果没有来到中国，他可能还在美国洗地毯。他坚信，中国的智慧将引导全世界。

　　灿烂的笑容、强烈的感染力，他比我想象中更加高大，金色的卷发、粗犷的银项链和银手链，左手无名指上的简单婚戒，咖啡色的 T 恤外搭一件细条纹的长袖衬衫，搭配淡蓝色的牛仔短裤，随性而洒脱。他就是那个不远万里来到中国，花了两年时间将大理喜洲的一座古建筑修复改造成网红客栈"喜林苑"的美国人林登。

　　林登出生在美国一个普通的工人家庭，父母的文化程度都不高，他16 岁就开始每天工作 14 个小时。因为家里没有条件让他去念大学，他只能选择相对便宜的社区大学，在课余时间兼职给人洗地毯。然而美国的社区大学第三年开始就会涨学费，他们家负担不起，他就只能转到一个夜校学习，白天工作，晚上上课。

　　直到 1983 年的一天，林登来到芝加哥大学的一位教授家洗地毯。教授家墙上有一幅世界地图，他会在去过的地方都插上一个红标。这天这位教授请正在洗地毯的林登帮他把一个红标放到中国的位置上，可是林登根本不知道中国在哪里。林登很尴尬地解释自己并没有受过什么教育，所以不知道中国在哪儿。教授很同情林登，邀请林登在自己身边坐一会儿。教授告诉林登，他刚刚从中国回来，想在美国找一些老师去中国教授英文，他问林登是否想试试。林登并不自信，毕竟自己只是一名夜校的学生……林登第二天去夜校查询，发现中国教育部发布了一项关于独立留学生的奖学金的通知，于是林登立刻申请。三个月后，林登接到了来自中国大使馆的电话，通知林登获得了以全额奖学金去北京语言大学念书的机会。

就这样，他从一个洗地毯的落魄少年变成了中国高等学府的留学生。他第一次来到中国，来到北京语言大学。刚入学两天，在学校附近，突然从一辆奔驰车上下来三个人，拦下了正在跑步的林登。这三人分别是北京电影制片厂的厂长、导演和演员，他们正在筹备一部以外国人为主角的电影——《他来自太平洋》。他们看中了林登，希望他可以出演这部电影的主角。就这样，他在来到中国的第二天，阴错阳差地成了一名电影演员。

因为参演了这部"1949年以后中国第一部以外国人为主角的电影"，他在拍摄期间受到了美国哥伦比亚广播公司的访问。访问进行得很顺利，他提出拍完电影后是否可以转到广播公司工作，因为境外媒体在中国可以拿到更久的签证。就这样，他在做了一个月的实习生后便加入了哥伦比亚广播公司。

是不是很魔幻？更魔幻的还在后面。

电影拍完后他住到了中央戏剧学院的宿舍里，这里有丰富文艺的课余生活，然后他去了南京大学—约翰斯·霍普金斯大学中美文化研究中心，时常到各个大学作交流和演讲。一次，在南京大学，校方表示下学期南京大学会和美国的约翰斯·霍普金斯大学互相交换研究生，要求

◆ 稻田中的喜林苑 方圆音画供图

是交换生必须中英文兼备，但南大目前没有双语学生，校方愿意给他高额奖学金让他来南大念硕士。这对于林登来说是再好不过的机会，而他更是在进入南大学习的第一个星期就在学校的篮球场遇见了他现在的太太——来自旧金山的第三代华裔，现在他们已经一起生活了30多年，育有2个孩子。他们一起游历120个国家，最后选择留在他们相遇的中国。他说，如果没有她，就没有现在的"喜林苑"。

喜洲

喜洲是云南省著名的历史文化名镇和重点侨乡之一，也是大理文化的发祥地之一，离大理古城18公里，东边是洱海，西边则是苍山。隋唐时期南诏曾建都于此，又称"大厘城"，是南诏时期的"十睑之一"，也是后来电影《五朵金花》的故乡。

西汉元封二年（前109年），喜洲成为西南地区政治、经济和文化的中心之一。彼时喜洲已有"白国"之称，至今都是白族的重要聚

居城镇，除此以外这里还有傣族、纳西族、彝族、汉族和回族等民族。这里有着庞大的白族古民居建筑群，有110个老院子，且保存得非常完好，这些民居大多是昔日的喜洲商人"荣归故里"建造的，从布局上来说，有着白族庭院典型的"三坊一照壁，四合五天井"的格局。这些民居的门楼、照壁、雕梁画栋、斗拱飞檐，以及山墙上的彩画装饰都绚丽多姿，充分体现了白族人民的艺术审美力和艺术创造力。

到了清末民初，喜洲商业进入鼎盛时期，仅在本地便有数百家商号，分号更是遍及上海、武汉、香港以及东南亚地区，形成了"喜洲商帮"并名扬海内外。其中极负盛名的商帮，有"四大家、八中家、十二小家"之说，而喜林苑租用的就是"八中家"之一的杨品相曾经的家宅。

Ⅱ
喜林苑的前世今生

林登一直想在一个历史悠久、人文底蕴深厚的地方，找一座老宅做客栈。他想搭建一个平台，一个有意义的平台。他想让旅人们的旅途有更多的可能性，想将"教育"事业注入人们的心灵深处，想以毕生所学回馈这个给予他太多幸运的国度。当时他带着他的家人在中国游历，走访了中国的边边角角，直到遇见了喜洲，遇见杨品相的这座老宅。当地政府也被林登夫妇这种义无反顾的真诚和修复文物的想法打动，非常大胆地信任了变卖所有财产、不远万里来到喜洲的这一家美国人。

林登夫妇没有辜负这座老宅和当地政府的信任，他们花了两年的时间，带领当地百姓，对这座曾经辉煌、后又饱经沧桑的老宅进行修缮和改造。

老宅占地 1800 平方米，林登聘请了 100 多位村民共同修缮，以保留原貌。他认为只有土生土长的当地人才更了解老宅的结构和特点。最大的改动是翻新了全部的屋顶，更换了腐烂的木头。而所有被拆掉的天花板、地板等等，都被他编码存放到了库房。他说，即便 100 年、200 年以后，任何人想恢复它们，也都可以顺利完成。

除此以外，他还创建了包括寺院修复、禅学修行、山间健行等诸多体验项目，引导当地人在传承自身文化的同时获取劳动报酬，而不是背井离乡去外地打工；旅行者则能真正深入到目的地的习俗文化之中，体验心灵的放松与滋养，而不是千里迢迢来了后却发现不过是换了个山清水秀的地方泡澡而已。如此，农耕文化与百年老宅一并得以保护和展现。

林登夫妇将老宅 40% 的面积划为公共空间，只做了 16 间客房。除了餐厅、茶室，他们还将杨品相的房间做成了一间图书室。这里有他们从美国搬运过来的近 2000 本藏书，每到周末，村民们都可以免费使用这里的基础设施——图书室、健身房、瑜伽室……村民们都喊他"村长"，把他们一家当作家人一般。

只要客人的需求合理，林登都会尽可能地满足。有客人想听古老的洞经音乐，林登会即刻邀请私交不错的洞经乐队来喜林苑的院子里现场演奏。

洞经音乐本是道家诵经的乐章。云南地区的洞经音乐在清朝进入鼎盛时期，直到民国时很多成年男子也都会演奏洞经音乐，中华人民共和国成立后它更是被列入国家级非物质文化遗产名录加以保护和传承。

所以，喜林苑不仅是一家客栈，更是一个国际化的交流平台，这个平台对全世界敞开，并没有学历出身的门槛。只要你有一颗热爱生活的心，喜林苑的大门永远向你敞开。喜林苑与耶鲁大学、斯坦福大学、普林斯顿大学等都有合作。他们会邀请优秀的美国高中生来作交流，5个月后当孩子们离开时会写一篇小论文，记述他们白天的田野调查和人文观察，把自己在中国的所思所想带回美国。为表彰喜林苑对中美文化交流的贡献，美国驻华大使代表美国国务卿向喜林苑亲自颁发了"2014年度美国卓越企业奖"。2017年，林登更是获得了云南省政府颁发的专为在云南工作的外国专家设立的最高奖项"彩云奖"。

Ⅲ
林登眼中的大理和期许

林登直言当初选择大理是因为这里的人非常包容，他们愿意支持他的梦想。他在大理的这15年，目睹了大理的变化。他认为很多知识分子和有钱人并不在乎大理的文化，只是为新鲜空气和舒适的气候而来。在这里，他们过着一成不变的生活，并不和当地人交流，更不用说作出任何贡献了，他觉得现在的知识分子的社会责任感非常稀薄。而大理的精华在于千年的积淀，想要有所体悟，必须进行深入的接触，这不是走马观花、拍照打卡能做到的，也不是在海景房享受泡泡浴可触及的。人们对自然和生命怀有敬畏和爱，才能体会到更深层次的自在。大理有自己的画布，人们应当学会欣赏她的美，并参与其中，借鉴、学习她的美，

◆ 从喜林苑俯瞰稻田　方圆音画供图

而不是自己重新画一幅，更不是把北京的 798 艺术区、上海的田子坊复制到大理来，把他们原来的生活搬到大理来，无视大理本土的生态，惊扰原本美好的一切。

　　他认为，人们应该慢下来，静下来，去了解和发现大理，享受大理的美与好的同时，不要造作与惊扰。中国的软实力是人，当一切都变得太快时，人就成了毫无感情的机器，只会日复一日泡在高级浴缸里喝着

法国葡萄酒。为了眼前的利益和所谓的时尚去打破千年积淀下来的文化与生态，得不偿失。只有当你慢下来时，你才会与真正的大理乃至整个宇宙产生连接，你会发现每一块瓦片和木板的背后都有着触动人心的故事，你也会获取能量，创造出新的美好与文明，甚至你会想要为传承千年的人类文明做点什么，而不是一味索取。这文明属于大理，也属于世界。

白马可能是王子，
也可能是
策马扬鞭的庄园主

洛桑白玛

白玛轻奢海景庄园民宿总舵主洛桑白玛，是《环塔纪事》画册主编、环塔国际摄影大会总执行。牛仔帽、烟斗、老绿松石佛珠、格子衬衫和牛仔裤；浑厚的嗓音、洋气的装扮、堪比电视台主持人的标准普通话……完全没有所谓的"北京爷们儿"的样子。

◆ 洛桑白玛 方圆音画供图

◆ 洛桑白玛：骨子里的牛仔精神

洱海边，拥有顶级配置的最美海景房——3万块钱的床垫、国际品牌的鹅绒被、大堂的大提琴和手风琴、室内的泳池、露天的舞台，还有老板一肚子的传奇故事……来到大理的白玛轻奢海景庄园民宿，你会舍不得出门。

|
老牌电影中的男一号

初见白玛庄园的主人洛桑白玛，会觉得他像是武侠小说中的人物。牛仔帽、烟斗、老绿松石佛珠、格子衬衫和牛仔裤……最里面的一件T恤露出挥杆骑马的大印花，呼应着他的潇洒人生。初次见面，我还以为这是一位上海"老克勒"，没想到他竟然是一个不折不扣的北京人！如果不深聊，这简直令人难以置信。他浑厚的嗓音、洋气的装扮、

◆ 在洱海边疾驰　被访者供图

堪比电视台主持人的标准普通话……让人完全看不出北京人的样子。不过随着话题的深入，也确实很快感受到北京"老炮儿"的灵动、慷慨、豁达、乐观和智慧。

　　他非常儒雅，也非常谦逊，与很多名人有不错的交情。洛桑白玛和我的父辈年纪相仿，但他主动示意我和同伴们称呼他为"马哥"。因为

◆ 热爱音乐的洛桑白玛　方圆音画供图

他的名字叫"洛桑白玛","洛桑"在藏语里是善良的意思，"白玛"则是莲花的意思。而他证件上的名字是"白马"的"马"，所以大家又称呼他为"马哥"。既然主人授意，那么我也就称呼这位有点威严又和蔼可亲的庄园主人"马哥"啦。

马哥浑身上下和他的庄园一样，奔腾着艺术的气息。能歌善舞是必须的，他还会弹会拉，现场为我们演奏了手风琴。那感觉像是一下子来到了墨西哥，脑海里顿时浮现出成片的仙人掌和绿植，马哥的牛仔帽像极了墨西哥的宽边帽，我们手中的茶也仿佛成了龙舌兰。是的，他是那么有感染力，真诚地热爱着他的生命和生命中的每一位过客。难怪大众眼中触不可及的孔雀舞女神杨丽萍与他是好友，杨老师初次见到马哥也不由得亲切地称他为"帅气的马哥"。

马哥曾经在微博上写道："不管我们曾经遇见还是错过，总有些人和事让我们难以忘却。我们生命中的每一个过客，不管是有一面之缘，还是有文字之缘，总有些东西在我们的印象里定格。一句祝福、一个微笑，能消除人与人之间的隔阂。相识便是缘，相知更是一生的福分。"

||
庄园即道场

马哥 1992 年去广东做贸易，1994 年去了上海。他在上海工作期间曾做了 13 年政协委员，做过两届常委、政府顾问，参与过上海顾村公园的前期商业定位并在园林设计院担任顾问。直到 2009 年，他才来到大理，建造了现在的"白玛轻奢海景庄园民宿"，做起了庄园主，开始与形形色色的旅人偶遇。

马哥说，他理解的民宿就是老板的家。客人通过民宿本身的信息以及入住体验，能够了解老板，这其实是一种文化的延续。他认为，房间的品质固然重要，老板的作用更大。他自己也喜欢住民宿，入住期间最好能见着老板，一起聊聊天。客人可以从中感受到老板个人的情怀，并了解到这个地区有趣的故事。

马哥说，他的民宿完全是按照他心目中理想的民宿打造的。他的白玛庄园有着星级民宿的配置以及风格。这是他的生活方式，是他的庄园，像他的家一样。来的客人是他的朋友，收入是对他的支持。他希望他的朋友们能够有非常好的体验，所以他配置的都是顶级产品，床垫就花了3万多元……他认为人有更好的生活体验后，会对人生有更好的憧憬。而钱只是一个符号。钱是没有味道的，所谓铜臭味，是被赚钱和花钱的人的想法赋予的。

马哥觉得他的理念和生活习惯会影响更多人。他理解的度人，就是帮助别人，让更多的人能够找到想不到，但能感受到的，并且向往的更美好的事物，甚至会去憧憬未来5年的美好生活。美好生活是每个人所渴求的，而这一切需要有人去引导，去做榜样。榜样很重要。

如此，白玛庄园既是旅人舒适贴心的民宿，也是马哥的家，更是马哥无形的道场。难怪它占尽绝佳地理位置，美得无懈可击。因为它的背后有着如此真诚而充满善意的初心。

Ⅲ
听老牌爵士，品老黄片

马哥一边聊，一边为我们用专门从西双版纳带回来的茶器泡茶。就这样，在苍山洱海之间，我有幸品尝着传奇"老克勒"亲手泡的他亲自做的老黄片……别看老黄片粗枝大叶，滋味却是甘甜醇厚、不苦不涩，泡茶的人也别有一番老成持重的淡然姿态。当时我只顾着喝这难得的好茶了，事后想想觉得这茶像极了马哥。白玛庄园不仅有主人

◆ 民宿可俯瞰洱海　方圆音画供图

的温度，还有主人的味道。确实，美好的生活需要有榜样引导，美好的生活体验绝对可以让我们憧憬更美好的未来。每每想起那日马哥的这一泡茶和待客之道，我都甚为感动。

　　彼时，民宿的音箱里响起美国老牌爵士名伶埃塔·詹姆斯（Etta James）的《最后》（*At Last*），这让我有点激动——不是资深发烧友是不会知道这位极其小众却极其伟大的爵士瑰宝的。这体现了老板的文化素养，也让人在旅途中与之偶遇、与之共鸣时顿生喜悦。

　　马哥说，文化的认知度在佛学里讲就是觉悟。人提升自身的认知度、觉悟程度，也开阔了自己的格局，进而增大了自己在一个圈子里接受再教育的可能性。他理解的佛学其实特简单，佛陀是释迦牟尼，学他的行为和觉悟就可以了，就足够了。不管世界怎么变，人要有自己的想法。

马哥的人生哲学有三点——认真生活、工作是生活的一部分、用艺术诠释人生。

IV
带着母亲去旅行

马哥常带着他89岁高龄的母亲，开着房车去旅行。所以马哥选择栖息于大理，很大程度也是为母亲考虑的。除了气候宜人，大理的出行、生活都非常方便。淳朴的民风也适合老年人社交。

平常，老太太和年轻人一样，化着淡妆、四处游历。从洱海到上海，从西双版纳到宏村。在马哥的抖音账号上，经常能看到老太太幸福地吃着大餐、荡着秋千、面朝洱海，系着丝巾、戴着法式小草帽和太阳镜在跑步机上锻炼身体……蓝天白云下，镜头里不是摆拍的母慈子孝，而是真实的生活画面，也体现了一个生命的真谛——百善孝为先，应关爱老人、善待老人。如果我们连生养我们的人都不加以善待，那我们的修行从何说起，终日的奔波忙碌又是为了什么？我们可曾放慢脚步，去陪伴"生我的"和"我生的"？少一次应酬，生活真的就会举步维艰吗？我们可曾停下来看看人生的旅途是否走错了方向，可曾后悔已经错失陪伴和尽孝的机会？

马哥的妈妈是幸福、幸运的，遇见马哥的旅人也是幸运的。至少在苍山洱海之间、在白玛民宿，你会被马哥种下一粒善的种子或者由此产生善的共鸣。至少有那么一瞬间，你也会有放下手里的事情陪伴家人的念头和冲动，你也会思考人生到底什么才是最"值得"的，你会想慢下来、融入大理，去探寻是什么吸引了马哥和他身边的人，让他们都纷纷驻留于此……每个人都会有不一样的答案吧，毕竟在任何一个"道场"，每个人的感悟都是不一样的。

V
人生在路上，一切皆有可能

最后马哥说，旅行，如何上路是最重要的。最好是选择汽车或者绿皮火车——"要包容一点的，不要特别个性的。"

这不就是大理吗？包容一点，内敛一点。

如果你来到大理，不妨去白玛庄园碰碰运气，看看是否能喝到马哥亲自泡的老黄片，问问他还有什么压箱底的故事。没准赶上他表演，能在洱海边感受来自上海滩、墨西哥和好莱坞的综合魅力。所以，其实"白玛"是"资深王子"，也是策马扬鞭的庄园主。马哥还在 2021 年 9 月 13 日，在大理市举行的名誉村主任聘任仪式上被正式聘为大理市海东镇向阳村的名誉村主任。这是新的头衔，新的责任，新的故事！也期待你，新的朋友，新的开始。

大象咖啡馆

一杯咖啡的时间
和自己好好相处

◆ 大象咖啡馆 方圆音画供图

　　我最想去的地方就是云南，云南最柔软的地方就是大理。"山在身边，云在山间。"大理，是最撩人心弦、最令人向往的地方。

　　在大理的日常，就是在古城里漫无目的地闲逛，辗转在洱海边上的小路里，流连在一些酒吧、咖啡馆，还有一些民族饰品小店之间。总是有很多惊喜，藏在大理这座小城里。而在大理，我印象最深刻的就是古城里的这家咖啡店——大象咖啡馆。因为最近刚看了一部电影《一点就到家》，所以我特别想尝尝云南的咖啡，尝尝远山树林的味道……

　　大理多数的人气咖啡馆都聚集在叶榆路一带，基本上说到咖啡馆，

大家都往那边跑。当我走进叶榆路，漫无目的地闲逛寻找着心仪的咖啡馆时，我一眼就看到了大象咖啡馆。

大象咖啡馆标志性的大拱门、素白的水泥墙充满了小资与文艺气息，在游人如织的大理，这里却没有风尘仆仆的旅行意味。

走进室内，我看到了暖色的灯光、木质的桌椅、水泥的墙壁，还有一些带着民族特色的小物件，大大的、拱门一般的窗户让阳光从四面八方涌进来。和笑容亲切的老板娘闲聊后我才知道老板娘是从西藏搬来的，好多东西都是纯手工的，咖啡馆内许多出售的摆件、饰物，也都是她的

大象咖啡馆
ELEPHANT
CAFE
ZW 2021.8.12

◆ 在大象咖啡馆，与自己好好相处

艺术家朋友的作品。

随处可见的大象摆件身上刻着美丽的中世纪复古花纹，姿态各异。这些不同材质的憨态可掬的小玩意，为简单的室内空间平添了几分可爱与俏皮。简约大方的装修配上精心细致的美好装饰，这大概就是所谓的朴素的高雅吧。

这面格子墙壁正对着苍山，上面的格子里摆满了老板娘淘来的各色小物件、图书、绿植盆栽等，墙面虽然还是白色的，甚至有一些粗狂之风，但也不会让人觉得不协调。

一落座，服务员就贴心地送上了柠檬水，我点了甜品和咖啡。据我所知，这里的甜品都是老板娘亲手制作的。除了菜单上固定的品类，每天还有变化的单品，通常是当天去市场上买到了什么新鲜的食材，回来就做什么样的甜品。

来咖啡馆当然要点一杯招牌咖啡了。咖啡出奇地好喝，牛奶没有盖住咖啡的香气，甜度也很适中，用来消磨一个下午的时光最好不过。

我喝完咖啡和老板娘闲谈了一

◆ 咖啡馆一角　方圆音画供图　　　　　　◆ 咖啡时光　方圆音画供图

会儿，了解了大象咖啡馆，也了解了老板娘这个人。在我看来，大象咖啡馆代表着大理这种悠然闲适的生活情调。老板娘对于大象咖啡馆的执着，并不仅止于一杯咖啡。咖啡馆里该有的，也在逐步实现：各色各样的咖啡、各色各样的甜点，还有一些不确定的惊喜产品，当然还有个性化的文艺作品。老板娘做大象咖啡馆的初衷就不只是开一家咖啡馆，它更像一个乌托邦的世界，让来到这里的客人能短暂地逃离现实，忘却烦恼。老板娘也希望大象咖啡馆能在每一个来过这里的游客的脑海里留下独特的、真实的、深刻的印象。

　　就这样静静地坐着，静静地看着白云和窗外的苍山，大概已经是很多人的梦想了。即使不面朝大海，也过着最舒适的日子，远离了喧嚣的大都市和嘈杂的人群，有美景环绕，咖啡相伴，跟喜欢的一切依偎在一起。虽然仅仅是一杯咖啡的时间，但其间的收获可以令人回味许久。

　　希望下次再来大理的时候，它依然美好，依然保持着最美的样子。

收获咖啡馆

我与咖啡
做朋友

◆ 在收获咖啡馆，收获闲暇时光

◆ 收获咖啡馆　方圆音画供图

张胤

云南大理"收获咖啡"品牌的创始人。南开大学工商管理专业毕业，曾在网络公司工作，8 年前来到大理，创办"收获咖啡"品牌。从一台烘焙机发展为覆盖咖啡产业全链条，在大理开办了"收获咖啡"连锁门店，运营咖啡电商，培养咖啡业人才，探索与咖啡相关的生活方式，致力于云南本地的咖啡的推广和品牌运营。

收获 "收获咖啡馆"

"收获咖啡"是一家社区咖啡馆，除了咖啡师的操作台，只容得下一张小桌子、一墙的书。这种窄小的空间里，除了咖啡的香气，大概只能留下文学的痕迹了。

1999 年，张胤参加全国新概念作文大赛，那一届的参赛者还有韩寒。在图书馆里长大的张胤，很小的时候就以探寻和挖掘的态度走进了

◆ 张胤　被访者供图

文学。可能是早年那些生涩的文字帮助他打开了新世界的大门，好奇心促使他在学习上更有主动性，他从小就是个不让家人操心的"学霸"，是典型的"别人家的孩子"。

　　但是让所有人都没有想到的是，从小就听话乖巧的张胤在南开大学毕业之后，没有按照父母所期待的那样进入体制内做稳当的工作，而是摆脱了束缚，开启了自我主义的生活方式。他开火锅店、拍卖字画、做动漫论坛、开旅馆、搞团购……每一行都是一次新的跨界尝试，每一次都在不同的历练之中有了更多的收获。

来到大理之后，张胤开始规划自己的生活，并与一个做咖啡的猫友结缘。他本想给自家的小猫找同伴，结果顺道帮自己的猫友看起了店，又在不经意间学到了有关咖啡的一些东西。玩得起劲的张胤索性自己买了一个烘豆机，本来只是想试试自己的水平而去参加了一个咖啡比赛，没承想竟然拿到了不错的名次。

"我这人怕麻烦，还懒。做咖啡是一件很简单的事情，不费劲，不用动脑，嗯，符合我的想法，靠我的智商应该能干得起来。"这是张胤自己关于进入咖啡行业的说法。

II
安静和享受

经过长时间的思考，张胤觉得现在人与人之间的信任感太难建立了，而他无意中在朋友们中间已经建立了信任链接，这可能是他的一个优势。发现自己的优势后，张胤开始认真地做咖啡。可能是从他做的咖啡中感受到了他的真诚与用心，越来越多的人开始向他靠拢，也在他的事业和热爱上给予无条件的支持。

张胤对于咖啡，一直以朋友相处。咖啡豆的烘焙技术、手冲的讲究，每一道流程都是一次严谨的相处过程。张胤觉得能让他保持自然和安静的，就是做咖啡的过程，其间香气弥漫。因为从小热爱读书，他莫名觉得这种香气在这样的情境下与书香也是共通的。

对于手作，每一个涉足其中的人心里都住着个手艺人。就创作本身来说，不管是分配豆子，还是冲泡咖啡，从无到有地做出一样东西，这会让人有掌控感，会让人安静下来。这是张胤的理解。

当"快"成了我们所有人的共同追求的时候，"慢"就成了奢侈品。都市人看似井然有序，但在排得满满的日程、密密麻麻的任务列表下，人如同陀螺一样无法停止转动。这样的情境与大理整体的慢生活形成了鲜明的对比。安静和享受，是咖啡为张胤带来的最重要的感受。他也因此对咖啡从喜欢发展到擅长，咖啡让他在大理重塑自我，也找到了自己喜欢的生活方式。

Ⅲ
将苛刻进行到底

在技术和创意方面比较苛刻的人，其日常的行事作风也相当"怪异"。即便在圈内有响当当的名气，张胤依然是一个从来不混圈子的人，包括咖啡圈。

在张胤看来，把大理缩小了看也就是一杯咖啡，口味时而浓郁，时而清香。恬静是咖啡赋予人的高贵品质，而非刻意和做作，他只想单纯地将热爱延续。开在古城中的收获咖啡馆，为来往的过客提供一杯树影斑驳下的咖啡；而床单厂里的咖啡实验室内弥漫着烘焙艺术，并以富有创意和思想的分享和培训打破多元边界。从某种角度来说，张胤本身也是富有创意的，想让更多人了解自己。他说起这些的时候，眼中似有星辰。

为了保证每一杯咖啡的口味，固执的张胤至今都在亲自把控着咖啡豆的烘焙。张胤苛刻到什么程度呢？他认为咖啡豆的品质非常重要，烘焙咖啡豆要遵循规定的时间、规定的克数，少一点儿都不行。如果这都无法保证，咖啡就不用做了，他要的是稳定的品质。张胤的咖啡豆，

◆ 收获咖啡馆一角　被访者供图

◆ 收获咖啡时光　被访者供图

◆ 在收获咖啡馆，收获创意生活

多少年来都没有变过，很少有人会花这么长时间做一件事，而且几乎没有盈利。

看到张胤对一切创意与未知几近痴迷，不难想象他为何会如此喜欢烘焙咖啡豆的过程。用他的话来说，因为它有非常大的创新空间，就像化学实验，要考虑气压、湿度、火候等多种因素。烘焙的好坏也没有统一的标准，但张胤自己在烘焙的时候，还是会在千种变化里找到一些规律性的东西。

IV
疯狂的乐趣

也许大理的生活节奏给了张胤创作上的灵感，除了让他安静坚持做咖啡这一件事，大理还让他得到了前所未有的舒适和安逸。在具体表现上也十分有趣，张胤烘豆子时和聊天时完全是两个状态。他的确知行合一，看着豆子的眼神都充满了感情，慢条斯理的动作似乎在与好朋友进行一场安静的对话。他会时不时抓起豆子闻一下味道，尝一下口感，精准地判断豆子什么时候可以出锅。他就以这样严谨、专业又细心的态度投入每天的工作中。

回到聊天状态时，他又会漫不经心地回头和时不时地发呆，还会偶尔地断片。在他看来，咖啡、文学、音乐，连起来就如同一杯咖啡，忽浓忽淡，时而悠长，时而激烈。他身在其中却活得像个旁观者，这种无所谓的态度反而让张胤在咖啡的路上越走越远。

在做咖啡之余，他将更多的精力花在寻找有意义的事情上。这种"有意义"在很多人看来是一件相对疯狂的事情。比如，张胤曾说最后会将咖啡馆捐赠给慈善学校。他认为这是它最好的归宿，就如同大理来来去去的人一样，都在生活中寻找自己的归宿。

这源于他曾经要做老师的想法。谈起自己做老师的初衷，他说，他现在觉得自己对生活品质的要求越来越低了，只希望和需要帮助的人在一起。他觉得他自己一个人待着时会特别缺乏关心别人的意识。经营咖啡馆对他来讲，是一个唤醒内心的过程，他虽然看起来好像什么都不在乎，但他心里非常清楚，他想帮助更多的有缘人。

他承认自己在大理这么久，但朋友并不多，因为爱发呆，不愿混任何圈子，也不愿出去参加各种活动，只愿意和家里的两只猫、一只狗厮混在一起。35 岁生日那天，他的生日礼物是狗狗和他玩的时候在他手背上轻咬出的一排牙齿印。

他几乎对什么都不感兴趣，却独独喜欢巍山古城里挂着的一排排晾晒的面条、巷子里打盹的老太太和墙头上晒太阳的猫。他始终在关注不一样的东西。张胤在高中时期写过一系列关于树的文章，一天一篇，记录树的成长故事，写了一个月。

他的文学记忆里似乎藏着一杯口味单薄的咖啡，到了大理，终于品尝出他想要的味道。大概，这就是他说的朋友吧。

Ⅲ

原来大理
The Original Dali

◆ 夜色下的古建筑　方圆音画供图

白族泥塑

把信仰揉进泥土，守艺亦是修行

苏龙祥

泥塑馆主理人，省级非物质文化遗产泥塑传承人。

◆ 苏龙祥　方圆音画供图

◆ 苏龙祥：在时光中将自己打磨成作品

　　当你在大理游历时，你会在这片透着自然野性的土地上见到各式各样的人，背包客、艺术家、设计师、歌手、诗人、环保者……他们聚集在这里，建设着自己的生活，做着简单的自己。本篇故事的主角，是一位声名远播的"大理泥人苏"。

I
塑佛人生

　　大理自古就有"妙香佛国"之称，佛教文化在大理的历史文化中占有举足轻重的地位，也是大理历史文化的精粹。

　　在这片佛祖亲吻过的土地上，除了青山绿水，更常见的则是庙宇，它们或被繁华的市井与蜂拥的人群环绕，或藏匿在深山里，被深居于此的人们供奉，以支撑起他们虔诚的信仰。

有人信佛，就需要有人去塑佛。苏龙祥出身泥塑世家，受到家族熏陶，孩提时代的玩具便是自己手工制作的泥塑。飞机、大炮、坦克、猫狗等小动物，借助泥土闯入了他的童年，他也借助这些玩具，与泥塑艺术结下情缘。

随着技艺的逐渐成熟，苏龙祥已不再满足于制作简单的玩具。苏龙祥开始向他的父亲及爷爷辈们学习塑造佛像，同时拜访当地专门做佛像的老艺人们。除了学会了整套的佛像泥塑技艺，他还将大件的佛像制作方法和小件的泥塑工艺相融合，突破了传统的花鸟、人物、佛像主题，只要是自己见过的、经历过的，他都能通过泥塑加以创作、展现。

塑造佛像，需要做到心中有佛，然后付诸行动，将心中

◆苏龙祥在工作　方圆音画供图

的佛塑造出来。在学习塑佛像的过程中，除了创作初期通宵达旦地反复练习，他更是熟读了与佛像相关的经典，详查资料、阅读文献，追溯佛教文化，只为佛像能得到完美呈现，也正是这种废寝忘食的精神让他创作出了一件件精美的泥塑艺术作品。

为了让手艺更精湛，18岁的苏龙祥便开始了自己"走夷方"拜师学艺的历程。尽管当时的他还很年轻，但手上的技艺作不了假。从在当地小有名气到四方庙宇里的师傅都来找他，这一做就是28年。

II
从佛像到瓦猫

据苏龙祥回忆，他后来较为擅长人物类和宗教神像类泥塑，也得益于对人群长期的敬畏和观察。儿时庙会上的男女老少、连环画中的铁马金戈、故事传说里的惩恶扬善，都是由"人"构成的，这些虚实交错的遥远光影，在旁观者的眼中，敬畏始终是要多过于好奇的。对于泥塑艺人来说，肩上更多了一份责任，就是为其塑像。儒家的人格理想是君子，佛家的人格理想是觉者，道家的人格理想是真人。

随着塑造的人物越来越多，这份与神祇长伴的工作也对他产生了潜移默化的影响。他的品性越来越合乎众多经典里的至理，虔诚向善，他时刻做到自我约束与克制。这并非传统意义上的"皈依"，事实上，在创作作品时，作品本身也在塑造他。这种无形的变化是互相成就的，用他的话来说，"做泥塑就像在做自画像"。

电影《一代宗师》里宫二小姐说过："习武之人有三个阶段，见自己，见天地，见众生。"其实何止习武之人要经历这三重境界，追求艺术之路更是如此，唯有不断地跟自己较真，才能达到理想的高度。在苏龙祥的从业生涯中，他记忆最深刻的作品是22岁时所创作的大理东岳

◆ 苏龙祥作品 方圆音画供图

宫的"十八层地狱"群塑。这也是他创作过的最难的泥塑，一是数量多，共 500 多尊；二是没有图纸，仅能根据《地藏菩萨发心因缘十王经》上面描述的内容加以呈现。为了不耽误工期，他通常都是晚上亲自画图纸，白天带着徒弟们制作庞杂的雕塑群，这无疑是对脑力和体力的双重考验。历时 3 年，他终于带着徒弟们于 2013 年完成了所有泥塑。经过这次创作，他的心境也有了很大变化。挑战自己，见到了那个超越极限的自己；挑战未知，跳脱图纸限制之后得见全新的天地。但是因为放置雕塑群的空间有限，他心中始终因作品不够完整而存有遗憾。

　　破而后立，晓喻新生。2016 年，因火车铁道路线经过东岳宫，十八层地狱群塑一大半被毁，村里重新找到一个更大的地方，建了新庙，请

◆ 苏龙祥作品　方圆音画供图

苏龙祥重塑所有的内容。提到第二次塑和第一次有什么不一样，苏龙祥说一是用料，上一次用的是胶泥，这次用的是纸筋灰；二是规模，上次共 12 间，这次 18 间；三是场景，上次没有场景，这次增加了山水、建筑和树。时隔 15 年，此次创作的作品弥补了苏龙祥此前的遗憾，也融入了他丰富的创作经验与人生感悟，完整还原了《地藏菩萨发心因缘十王经》的故事，见众生，皆为真善。通过新生的十八层地狱群塑，我们可以直观地感受到那一个个劝人向善的奇妙故事。

北方镇宅常用"泰山石敢当"，而在旧时云南，担起这个重任的就是瓦房屋脊上的一只小小的瓦猫。除了佛像，苏龙祥对大理的瓦猫也情有独钟。在居所正中上方的房顶安置瓦猫，是云南很多地方特有的一种民俗，寓意守家护院，可吞食一切来犯之鬼怪。这些镇宅瓦猫的背后也有一段流传久远的故事，而这个故事，是由苏龙祥花了3年时间整理而成的。

相传在古时的大理有一对无儿无女的老夫妇，男的是一个樵夫。有一天，男的在回家的路上，发现了一只无家可归的小猫，于是便带回家喂养，每当他出门时，小猫便在家里与妻子做伴。随着时间的推移，小猫长成了大猫，而那对老夫妇也因上了年纪，渐渐失去了劳动能力，没有了食物来源。于是那只猫每天都会外出，看到村里谁家烟囱在冒烟，便在那家门口用叫声讨要食物。在云南，正好有这种说法，陌生的猫来到家中，向户主化缘，户主要为猫提供食物。这只猫非常有灵性，拿到食物后并不吃，而是带回去，给那对老夫妇吃。直到有一天，猫又来到村里化缘，但是叫声和以往的有很大区别，比较凄厉，户主给了食物后猫也无动于衷，于是村里人知道，猫的主人可能出事了。村民跟着猫赶到老夫妇家中时，才发现那对老夫妇已经去世，于是大家就有钱的出钱，没钱的出力，把老夫妇安葬了。在那之后，那只猫一直待在老夫妇房子的屋顶，一动不动，直到死去，变成了骷髅。当地的老百姓被这只猫的忠诚感动了，就请了当地烧瓦的瓦匠，用泥捏了那只猫的形象，搬到窑里烧制成泥塑。村民们为了纪念这只猫，之后每当盖房时就会把这只猫的泥塑放置在屋顶上，而这也就是大理瓦猫的起源。

大理的瓦猫造型颇为别致，头生三眼，象征"天""地""人"三

◆ 在大理，家家户户都有瓦猫

才，与云南其他地方的瓦猫有显著区别。作为没有受过正规的美术教育、名副其实的民间艺人，苏龙祥在创作瓦猫作品时，其灵感来自传统、源于生活，但他又不断突破传统加以创新，所以他的瓦猫作品表现的不仅仅是大理白族的家居生活和民俗民味，更流露出苏龙祥对家乡文化的一片赤诚。苏龙祥的小徒弟们也是瓦猫的忠实粉丝，他们手下的作品或古灵精怪，或娇憨呆萌，或张牙舞爪，每一件作品都匠心独具、充满童趣，承载了孩子们无数的童年幻想。时光变迁，现代都市里没有了瓦猫的位置，但正因为有苏龙祥这样的人在用自己的方式重现它，它的故事也得以在新的生活中延续。

Ⅲ
八万四千分之一

南怀瑾说，真正的佛教同其他许多宗教一样，是反对拜偶像的。那为什么画的菩萨、塑的佛都可以拜呢？答曰，"因我礼汝"。我的形象存在，你以恭敬心拜下来，那个像只是一个代表而已。你这一拜不是拜我，而是拜你自己，你自己因此得救了。同样，在塑造了无数佛像之后，苏龙祥最大的感悟是，每一次塑造心目中的佛像都仿佛是在塑造自己，心境也随之得到升华。参照佛教上说的"八万四千法门"，做佛像就是造法门，那么这个世界就是他修行的地方。

相传塑造佛像有 11 种功德，更可以修福、修慧。面对日益增多的订单，他考虑得更多的并非报酬，而是雇主对佛像的需求度。比起在繁华城镇塑一尊佛像能获取的丰厚酬劳，苏龙祥更愿意优先考虑来自贫瘠深山的求助。为山区以及贫困地区塑造佛像，也是从业生涯中最让他感到愉悦的事情之一。他说，他对那些身处山区和贫困地区的人充满了同情，那里的人让他尤为感动，有的老人得了病，舍不得花钱看病，而是把钱存起来留给当地修建佛像；有的老人每日从别人筛完的稻草中寻找残留的米粒，他们将日积月累的粮食卖了钱，拿来支援当地修建佛像。他们经常对苏龙祥这样说："师傅，你帮我们塑这个佛像，就是给我们积了好多、好大的功德，我们特别希望能在有生之年看到这个佛像被塑起来。"

这些地方的佛像塑造好后，开光时看到那些满是笑容的面庞，苏龙祥都会有种发自内心的成就感，而这种成就感就是他最大的愉悦。这些地方的人是真正虔诚的信徒，有着最纯粹的信仰，面对困苦的现实，借助信仰以求得心灵的慰藉。千观万庙塑初心，他们与佛相伴，慈悲向善。

◆ 苏龙祥接受本书作者采访 方圆音画供图

IV
传承的仪式感

古代的匠人在做泥塑时，完全是出于喜欢，他们在制作过程中获得了快感，更收获了信仰。随着现代制作工艺的冲击，传统泥塑制作工艺成为"非物质文化遗产"，在传承上陷入尴尬的境地。

依照传统，塑造佛像是一个充满仪式感与讲究的神圣过程，涵盖近100道工序。首先要用上好的柏树做神桩，然后做好木制骨架，打上阴阳巢，在布制荷包内放入金银制作的金心、银胆、玉器、宝器，放入阴巢内，盖上阳巢，再画上佛像的五官、神咒灵符；再用布制的荷包放入七米、七茶、桂圆、荔枝、大枣做佛像的脾胃；至于肠子，则用红绿布缝制，大肠 2.8 尺代表二十八星宿，小肠 1.2 尺代表十二元辰，里面灌满五谷代表五谷丰登。所以，我们看到的一尊尊佛像的内里，都是五脏俱全、极为考究的。

在塑造佛像之前，还有各种仪轨，开相前还须沐浴斋戒。所有工序完成后，挑选吉日进行"开光"，为佛像点上银朱，每点一处都有相应口诀，这样它们就从工艺品变成了"神灵"。

我们从苏龙祥处了解到，完成一尊传统泥塑工艺佛像需要接近半年的时间，而借助现代工艺仅仅需要一周时间，值得庆幸的是，前者的成品可以留存千年。

为了让泥塑文化与传统工艺流传下去，苏龙祥主动担起技艺传承的重任。他的工作室不设置任何门槛，常年招收学徒，扶持残疾人士掌握一技之长，不仅不收学费，还供吃住，每个月为徒弟提供零花钱。同时，他还常年开展泥塑活动，自己出资开办个人和徒弟的非遗泥塑展，让更多的年轻人了解泥塑文化，加入泥塑文化的团队中来。

众多徒弟成为非遗火种，和苏龙祥一起守护这门技艺。他的女儿也小小年纪就开始学习这门手艺，有望成为苏家的下一代传人。

来到大理，你是否会为深山古刹中斑驳的佛像驻足，抑或是因看到房顶俏皮的瓦猫而随手为相册填充几许回忆？

白族扎染

触摸，
方寸清欢里的
蓝白传说

小白

原名张翰敏，白族，大理喜洲周城人，工艺美术师，创办"蓝续"，
扎根在家乡周城，和乡亲们一起携手探索白族文化之美，致力于白族
传统文化的传承和发展。

◆ 扎染传承人——小白 被访者供图

◆ 小白和扎染手艺人们　被访者供图

推开白族人的院子

便可看见肆意生长的阳光里

垂挂于高大晒架上的蓝底白纹布

风轻轻撩起最底下的一角

露出生动的表情

木凳上的老奶奶

右手执针，左手绉布
那执针的手在绉好的疙瘩布之间来回摆动
眸光专注，手法娴熟
岁月仿佛在此静止
诉说着一个婉转悠扬的故事

◆ 小白：扎染是自然馈赠的古老艺术

|

蓝与白，从梦的深处出发

蓝与白

象征着大自然的无限可能

是山巅上薄暮时分交错的天空与云朵

是礁石脚下无垠的深海与浪涌

从梦的深处出发

探寻通往世界的蓝白之境

◆ 扎染工序之一 被访者供图

在历史的长河之源，人们日出而作，日落而息，听花开花落，看云卷云舒，与天地花鸟为邻，与春夏秋冬同在。静观万物，也静观己身，生活得雅致、自在、从容。

天然成趣、返璞归真的白族扎染，便在这清欢浮世中，被创造出来。

手工的技艺，历经岁月传承，最终出落得真挚动人。

扎染古称"绞缬"，但是在大理，人们更喜欢将它称为"疙瘩花布"或"疙瘩花"。这项古老的技艺起源于1000多年前的中原地区，如今主要保存在大理市的周城、巍山、大仓、庙街等地。2006年5月20日，白族扎染技艺被文化和旅游部列入第一批国家级非物质文化遗产名录。

设计、制版、扎花、脱浆、染色、清洗、晾干、熨烫……烦琐的工序，更似层层堆叠的民族智慧，淬炼出独一无二的精妙艺术。

◆ 阿婆们协力扎染　被访者供图

‖

人之初，性本白

一望无际延伸至地平线的尽头
闪烁的星芒缓缓融入苍穹
掩映着影影绰绰的眷恋
追逐春花秋月，沉淀日月星辰
这片蓝白，是优雅而纯净的

相比蜀锦的尊贵，扎染就像一块染满了人间烟火的蓝色的布。蓝的底、白的花，朴素又绚丽地盛开在大理周城。白族的女子用千百年的时光和爱意制成了这块看似简单的布料。

◆ 阿婆们协力扎染 被访者供图

　　对于崇尚自然的白族人而言,与自然和谐共处是最理想的生活方式,亦是他们所遵守、推崇的处世哲学。扎染显现出的浓郁的民族艺术风格,也恰恰跟白族这个民族的文化有着很大的关联。

　　白族人,最早可以追溯的起源是古昆明人、河蛮人与青藏高原南下的氐人、羌人,以及部分叟人、褾人、爨人、僰人、哀牢人、滇人、汉人等多族群融合形成的民族。这样的起源,让白族人在文化的接受上有着先天的优势,不管是汉族文化,还是藏族文化,抑或是云南本地的土司文化,他们都能很好地接受,并快速地完成融合,发展出自己特有的文化。

　　随着时间的推移,白族人形成了自己特有的民族文化和生活哲学。他们勤劳、善良、热情、朴实,并以博爱和崇礼形成了良好的社会人文环境。

◆ 传承扎染技艺 被访者供图

　　他们崇尚白色，认为它象征着纯洁，是"人之初"，无污染的形态，而一生的经历又赋予其不同的意义与希望。因此，蓝底白花的扎染技艺，不仅体现了白族人淡泊、宽容的心态及对至善人生理想的追求，更是在告诉白族人：要清清白白做事，干干净净做人。

Ⅲ

扎染的技艺

穿越时光的声音
坠入一场起伏的梦境
渐渐缠绕，层层蔓延

◆ 扎染作品 被访者供图

民族智慧的挖掘

不是终点而是起点

　　扎染技艺，是以棉白布或棉麻混纺白布为原料，以生长在苍山上的马蓝、艾草等天然植物为染料，真正的纯朴且全天然的手工制作工艺。将画好的图案一针一线地进行扎缝，便会形成独特的纹路。这一步至关重要，那象征着吉祥和喜乐的图案都来自这一针一线的绞扎。

　　绞扎好的布料放入清水中浸泡，再进行染色，由白至蓝再至青，每浸一次，颜色就会叠加一层，于是便有了"青出于蓝"的奥义。

　　染色时，因绞扎部分松紧程度不同，布面上会出现空白和受色深浅不一的地方，这种空白和浓淡的错落与差异，便形成了富有生机且别致独特的花纹。

经过并非一蹴而就的繁复工序，最终形成深深浅浅的颜色，蓝与白渐变、纠缠，又相互应和，似洱海碧波，又像苍山霜雪，温柔了整个大理城的岁月。

IV
年年岁岁，生生不息

苍山雪顶的光晕

洱海涟漪的微醺

陶醉于大理传奇的曼妙

更执着于这片山海间

传唱的不朽歌谣

向前追溯，两汉时期，生活在大理地区的白族先民已经有了纺织业，并使用植物染料染制纺织品；盛唐时期，扎染在白族地区成为民间时尚，扎染制品也成了贡品；明清时期，洱海白族地区的染织技艺到达了顶峰，出现了染布行会，明朝洱海卫红布、清朝喜洲布和大理布均是名噪一时的畅销产品；到了民国时期，居家扎染已十分普遍，以一家一户为主的扎染作坊密集著称的周城、喜洲等乡镇，已经成为名传四方的扎染中心。近年来的时尚领域内，扎染更是受到了热烈的欢迎，这种传统工艺被运用于各种潮流单品中，让传统工艺融入了现代文明，焕发出了不一样的时尚之光。

扎染取之于自然，更将白族人对于大自然的崇敬凝聚其中。蓝底白花的配色，不免让人想到青花瓷，灵动的图案产生自然的晕纹，青里带翠，凝重素雅，饱满生动。纹样集大理四景风花雪月于一体，每一种都有每一种的妙处：有大理的风物，有苍山的四季，有洱海的潮汐，有纷飞的蝶影，神话故事被染进布匹里，花鸟鱼虫游走在指尖上。扎染蕴藏着白族人生生不息的创作灵感与智慧，是人与自然和谐交融的杰作。徜徉于高远广阔的天地间，纯粹的蓝与白，于漫长时光中洗沥沉淀，幻化出那一段惊艳众生的岁月芳华。

每一件扎染品，都是一幅独一无二的美术画作，用一抹最深沉的蓝、一片最纯净的白，映刻流光掠影，编织出最淳朴的民族故事，年年岁岁，历久弥新。

点苍武术

山河滚烫，
唯有热爱
可抵岁月漫长

白侍儒

白族，云南大理人，出身著名武术世家。

◆ 点苍派武术州级代表性传承人——白侍儒　方圆音画供图

◆ 白侍儒：武侠是成年人的童话

　　金庸先生去世的那天，苍山突然飞雪，一夜白头。

　　自古多情伤离别。那漫山的苍白，是在致意一位旷世奇才的陨落、
一代武侠巨匠的谢幕。从此，再没有一个人能够将腥风血雨的江湖写得
如此情真意切。

◆ 千鸟竞飞，出于山林，归于山林　方圆音画供图

|

蝴蝶梦残滇海月，杜鹃啼破点苍春

　　有江湖的地方便有故事。

　　那些刀光剑影的江湖故事中，充满了尘世真情。巍峨清奇的山峦，总是江湖中各大门派的镇守之地。天下名山，不动声色中自有澎湃气概。此间便有隐世于此的绝顶高手，褪去了江湖戾气，归于漫漫山林。

　　位于云南大理的苍山，便是这样的超逸绝尘之处。作为云岭山脉南端的主峰，苍山屹立于云贵高原西部，由 19 座山峰由北而南组成，北起洱源邓川，南至下关天生桥，与洱海一同构成苍洱生态文化区，是白族文明的中心区域，是 500 年辉煌灿烂的南诏大理文化的腹地。

苍山十九峰中，每两峰之间就有一条溪水奔泻而下，流入洱海，这就是著名的十八溪。经年不消的苍山雪，是素负盛名的大理"风花雪月"四景之一，也是苍山景观中的一绝。

大理地区的武术历史悠久，隋唐之际，佛教传入大理，苍山便被誉为释迦修行的"灵鹫山"；从唐朝开始，无数高僧名道、游侠义士跋山涉水，纷纷落籍隐居于苍山上，各派武术精华亦随之于此落地生根。

II
桃李春风一杯酒，江湖夜雨十年灯

不同于少林、武当的威名显赫，总在各式武侠故事中惊鸿一瞥的点苍派，或许就是超逸绝尘的存在，仿佛戴着一层神秘的面纱，令人充满了神往和探究之情。

点苍派位于云南大理，因该派位于苍山而得名，其原型为宋元时期的苍山剑派。

在武侠世界中，卧龙生在 1958 年出版的成名作《飞燕惊龙》里首创"武林九大派""武林中九大主盟"之说，分别指"少林派""武当派""华山派""昆仑派""点苍派""崆峒派""雪山派""青城派""峨眉派"。

金庸的武侠小说《碧血剑》《射雕英雄传》《神雕侠侣》《笑傲江湖》中都曾提及点苍派的故事，而点苍派也是古龙笔下的"七大门派"之一。苍山山明水秀，四季如春，门下弟子从小拜师，在这样的环境中成长，大多都是温良如玉的君子，对名利看得很淡。

在武侠世界中，点苍派武功以剑法和轻功名扬天下，轻功轻灵飘逸，武功刚劲有力，而剑法则招数古朴、内藏变化，以诡异多变著称，以一招回风舞柳冠绝武林。

古龙在《三少爷的剑》中写道：点苍的剑法虽然轻云飘忽，却很少有致命的杀招。可是江湖中却没有敢轻犯点苍的人，因为点苍有一套镇山的剑法，绝不容人轻越雷池一步。只不过这套剑法一定要七人联手，才能显得出它的威力。

所以点苍门下，每一代都有七大弟子，江湖中人总是称他们为"点苍七剑"。三百年来，每一代的"点苍七剑"都是剑法精绝的好手。

‖
点苍滇海朝复暮，长空剑影落沧溟

武侠小说里的点苍派并非凭空臆想，在大理确有此门派，且一直传承至今。

从门派渊源来说，点苍派集昆仑派、武当派、少林派、峨眉派等各家之长，发展出了完备的体系，共有太极门、八卦门、通臂门、形意门、南拳门、八极门、无极门等10门；器械主要有绳镖、十三节鞭、龙凤双刀、铎鞘（霸王鞭）、单刀、五行剑等近20种，最终发展成蔚为大观的大理民族武术。

点苍派不光重视功夫的套路和器械的习练，还重视习武之人的涵养，因此培育出的门人皆是文武双全。而点苍派亦强调以下三点：

一是药功，所谓"七分药功，三分武功"，没有药功，再好的武功也只能是竹篮打水。习武之人，在修习功夫之时，还需要学习医学知识，这样既可以行医看病，又可保养自身。

二是人品，学武是为了摄生、健身、防卫，以及交流与传承文化，而非打架斗殴、恃强凌弱。习武之人在练武之时，亦要兼备武德。

三是书法，练习书法，与练武有着异曲同工之妙，常练书法对修身

◆ 中国功夫：站如松，坐如钟，行如风，卧如弓

养性有着十分重要的作用。

　　点苍派武术是中华武术史上一笔极其丰厚的文化遗产，并于2013年10月被列入云南省第三批省级非物质文化遗产名录。

★文中苍山又名"点苍山"，点苍派亦因此而得名。

◆ 大理的山川孕育出精妙的文化，如同秀水重峦处自有白云出岫　方圆音画供图

IV
一切有为法，如梦幻泡影
如露亦如电，应作如是观

中华武术博大精深，无论何种门派，都与祖国的名山大川、古迹胜地有着深厚的渊源。

大理点苍派武术，便是依托源远流长的大理文化，以钟灵毓秀的苍山为门派象征和旗帜，深植于崇文尚武的大理各族人民在开疆拓土的历史发展进程中的不断创造和积累，又海纳百川，兼收并蓄，融合了中原武术文化与大理民族武术，最终形成具有显著地域特征和民族特色的武术体系及门派，其存在具有极其重要的价值和作用。

心之所安，即为归处。人生在世，所处的是江湖，所经历的是江湖，所感慨的也是江湖。所谓的江湖，其实就在每个人的心里，在心底的进与退之间。千载苍山沉默不语，白云苍狗，日月如梭，唯有这一方江湖承载不朽，代代流传。

巍山古城

闲来古城
岁月长，
梦回南诏，
幸逢浮生安宁

◆ 巍山古城 方圆音画供图

当清晨的第一缕阳光从灵应山的山顶倾泻在古老的城池巍山时，这座有着 600 多年历史的古城，在灿烂的阳光里悄然睁开了迷离的眼睛。

城池古朴馨香，藏匿于岁月的褶皱里，恬淡而悄然地独立在现代都市的喧嚣之外。

春夏秋冬，风月消磨，时光以最闲适的姿态于此栖居，如同 600 多年前一样，柔软、宁静，就连那些人间的烟火味道，也在这样的静谧里，显出别样鲜活的诗意。古城散发着古老的气息，有阳光的味道，有时间的味道，演绎着"一座城"的气定神闲，成为刻印在云南高原上的生动记忆。

◆ 一座古城见证多少岁月沧桑

巍巍古风，吟咏千年

　　巍山古城，位于云南大理南部、红河源头，地处哀牢山和无量山的北端，与苍山、洱海相望，是南诏国的发祥地，一个被火把节照亮千年的地方，风情独具。

　　唐朝初年，洱海之滨的彝、白族先民在此建立了 6 个部落，史称"六诏"。因蒙舍诏位于诸诏之南，故称"南诏"。唐朝贞观二十三年（649年），细奴逻建立了大蒙国，都城便设在巍山，由此开启了绵延两百余年的南诏历史。

　　步入其中，无处不在的南诏古都的牌子似还在倔强地诉说着这里曾经的辉煌，蒙舍诏从这里走出，才有了南诏称雄的波澜壮阔的历史。

◆ 巍山古城的外墙　方圆音画供图

　　文化是历史的载体，亦是古城的灵魂。从巍山发祥的南诏，曾经辐射了比今天的云南省更广阔的疆域。因此，这片诞生过唐朝册封的"云南王"的土地得天独厚地形成了多民族融合的文化，并且在漫长的历史沿革中，获得了一顶又一顶有着浓厚文化气息的桂冠。

　　它是中国的历史文化名城、云南四大"文献名邦"之一，始建于元朝，明朝洪武二十三年（1390 年）扩建，留存了许多南诏遗迹和历史故事。它更是一座"魁雄六诏"的丰碑，体现了一种"万里瞻天"的胸怀。

　　它呼吸着历史，鲜活在今日。历经几个世纪的风雨，城中斑驳的古建筑的每一扇门、每一道窗上，或是每一粒随风扬起的尘土里，所跳动的，都是印刻着小城记忆的字符，斗转星移，光景如故。

◆ 巍山古城的街角　方圆音画供图

‖
古城底色，隽永画卷

在巍山古城的街巷里漫步的时候，总有一种恬然的心境。目之所及，古城、老街、小巷、庭院，静谧温润，和谐自然，它是让人去了就不想走的好地方，被誉为"云南最后一片发呆的净土"。

巍山古城规模不大，孤悬在距大理50公里的群山坝子中。四围低山舒缓宁静地衬托着古城，远远望去，古城如一处大户庭院，安详地栖息在群山之中。巍山古城布局严谨，街道纵横通透，青瓦屋顶参差错落，不露声色地蕴藏着山河春秋。

南诏已是千年前的故事了，那时的巍山古城亦早埋于尘土中。而今的巍山古城始建于元朝，初建时为土城，到明朝才正式建城，改为砖城。

沿着中轴石路徜徉于城中，两侧饱经沧桑的建筑绵延而立。蓝天白云下，转角处的飞檐、楼顶的青瓦、被历史烟云磨旧了的窗棂，皆显得格外温柔。廊柱与门楣间，似依然蕴藉着当年的声息，将斑驳迷离的丝丝光影遗落在古城楼悠悠的旧梦里。

巍山古城已经很老了，已是600多岁的高龄，在这漫长的岁月里，时光凝固成诗。三坊一照壁，四合五天井，走马转角楼，一座座古老的宅院，朴素、无言，却有着精美的壁画和巧夺天工的雕花，"喜鹊登枝""丹凤朝阳""鸳鸯戏水"——古城里的一景一物、一砖一瓦都在向世人展示着曾经的繁华与喧嚣，以及如今的静谧与深邃。

在石板铺成的街巷里，向远处望去，错落有致的灰黑砖瓦、半掩半开的热闹商铺、慵懒恣意的清浅阳光，共同辉映出古城的别样韵味，是一幅天然的祥和古朴的水墨写意画。

也正因过去的灿烂至极，才有了今天的浓淡相宜。而今，无数来自现代都市的人，漫步在这古城的大街小巷，让古老的生命鲜活起来，让人性得以返璞归真。

Ⅲ
烟火远方，岁月深幽

徜徉于巍山古城中，享受与头顶蓝天上那缕缕流云相仿的惬意和闲散，一份温暖的宁静便在心底悄然弥散开来。

除了看得见的诗和远方，巍山古城也充满了令人向往的烟火之气——这里的小吃，素以风味独特、做工精细、品类繁多而著称，巍山也因此有了"小吃天堂"的美誉。

自2011年开始举办的小吃节，是巍山一年一度的全民节日，更成

◆ 巍山古城　方圆音画供图

了巍山的一张文化名片。小吃节上汇聚了大理各市县的特色珍馐，涵盖
了汤锅类、烧烤类、米糕类、汤圆类、粑粑类、糖食类、咸菜类、卷粉
油粉类、零杂类等近百种小吃，美好与温度兼具，勾勒出一幅无与伦比
的美食盛筵图，不仅成为来自天南海北的食客们的"意难忘"，更推动
了当地旅游文化的蓬勃发展。

　　穿过古城楼的圆拱门，街道两旁各种小吃摊子上，有热气腾腾的饵
丝、绵长的一根面、香脆的烧饵块、精巧可爱的小甑糕……小城的烟火

气，成就了众多美味的小吃，伴着悠久的历史流淌在每一个朴实而幸福的日子里。寻味古城，也成了人们流连巍山的乐趣之一。

在这里，没有令人血脉偾张的艳遇，也没有热闹喧嚣的繁华，但这座古城，却让人将视线聚焦到这里，让人们忍不住把脚步移挪到这里。

从容、诗意、烟火，巍山古城，就是一片诗意栖居的土地。所谓远方，大略如是。

蝴蝶泉

流年
不知心底事，
蝶舞
空落眼前花

◆ 蝴蝶泉 方圆音画供图

◆ 蝴蝶泉边载歌载舞的少女

　　大理是个浪漫的地方，骨子里的诗意与生俱来。恋人喜欢来这里，去双廊晒太阳发呆，吃洱海鱼，尝洱海菜，去蝴蝶泉边重温几十年前的经典爱情。电影《五朵金花》让蝴蝶泉声名远播，更将那句"大理三月好风光哎，蝴蝶泉边好梳妆。蝴蝶飞来采花蜜哟，阿妹梳头为哪桩"的歌词唱入了无数人的心中。

◆ 蝴蝶泉至今是大理的标志之一

|

梦蝶：大理情缘

  茶圣陆羽曾在《茶经》中列过一份长长的名泉榜单，足见中国的泉，不胜枚举。有颇具北地格调的济南趵突泉、北京玉泉，有充满江南诗意的杭州虎跑泉、无锡惠山泉，亦有掩映大漠孤烟的敦煌月牙泉，风姿各异，争奇斗艳。

◆ 蝴蝶泉边的蝴蝶

　　而在这万千眼泉水中，有处却不以水胜，而以昆虫为名，那就是大理的蝴蝶泉。

　　蝴蝶泉坐落在大理苍山云弄峰下，宛如一颗晶莹剔透的宝石，镶嵌在绿荫之中，泉水清冽，明澈如镜。每年到蝴蝶会时，成千上万的蝴蝶循着大合欢树的清香，自四面八方飞来，在泉边飞舞。来此的蝴蝶大如巴掌，小如铜钱。无数蝴蝶还钩足连须，首尾相衔，一串串地从大合欢树上垂挂至水面，五彩斑斓，蔚为奇观。

　　据说，蝴蝶泉有"三绝"：泉、蝶、树。来到这里，只见蝶旁有泉，泉边有碑，诗人墨韵刻于碑上，花树蝶舞正在眼前。百蝶齐舞的胜景，令千万慕名而来者无不心旌摇曳。或许，这便如千百年前的庄周所梦，亦是蝴蝶泉边的一个梦境——不知大理之梦为蝴蝶与，蝴蝶之梦为大理与？

II
化蝶：比翼梦回

关于蝴蝶泉的由来，流传着一个动人的故事。

这眼泉本不叫蝴蝶泉，而被附近的人称作无底潭。因其泉水清澈，经年不断，又深不见底，方得此名。

潭边一个村庄里住着一户姓张的人家，只有父女两人相依为命，守着几亩薄田度日。女儿名叫雯姑，心灵手巧、聪明伶俐，更生了一副国色天香的好容貌，她的勤劳与美丽声名远播，吸引着无数小伙。

云弄峰上住着一个名叫霞郎的青年樵夫。霞郎无父无母，过着孤苦的生活，却忠实善良、吃苦耐劳，且歌声美妙无比，如夜莺啼叫一般悠扬。

时间一长，雯姑与霞郎互相爱慕，私定终身。然而好景不长，凶恶残暴的俞王听闻了雯姑的美貌，便带着他的手下们来到无底潭，打死了雯姑的阿爸，把雯姑抢到了俞王府，威逼利诱，软硬兼施，打算让雯姑做他的第八个妃子。

闻讯而来的霞郎赶到雯姑家，见到雯姑家里一片惨状，怒火冲天，抓起斧头，便朝俞王府奔去。他跳进高墙，救出雯姑逃走。

雯姑和霞郎在漆黑的路上急奔，俞王带领着恶狗和士兵在后面穷追不舍。他们逃上高山，俞王也随之追上高山。他们逃下深谷，俞王也紧追至深谷。最后，雯姑和霞郎逃到了无底潭边，俞王的士兵们紧紧包围着他们，要他们跪地乞降。走投无路之下，雯姑和霞郎紧紧地拥抱着，纵身跳下了无底的深潭。

顷刻间，雷声轰鸣，风雨大作，待雨过天晴后，潭底飞出一对瑰丽无比的蝴蝶，它们翩翩起舞，形影不离。人们说，它们是雯姑和霞郎的化身。

为了歌颂霞郎和雯姑忠贞的爱情，从此，"无底潭"被更名为"蝴蝶泉"。"蝴蝶泉头蝴蝶树，蝴蝶飞来千万数，首尾相垂如串珠，四月中旬年一度……"每年到了三四月间，各色各样的美丽蝴蝶便会飞到蝴蝶泉边，成群地上下飞舞。漫山遍野完全变成了色彩缤纷的蝴蝶世界，成为罕见动人的美丽奇观。

Ⅲ
奉蝶：信仰不灭

蝴蝶是大自然的舞姬，是美妙的精灵，它被誉为和平、幸福和忠贞爱情的象征，它能给人以鼓舞，让人陶醉和向往，因而备受人们喜爱。同时，它被人们誉为"会飞的花朵""虫国的佳丽"，其缤纷的姿态、绚烂的色彩，令人不禁体会到大自然的赏心悦目。

大理地区的白族人民对蝴蝶尤为尊重，这种尊重不亚于对其他神物的崇拜。从白族妇女的服饰上，尤其是从一些图案中可看出，蝴蝶是白族早期崇拜的昆虫图腾之一。在白族的禁忌里，不允许任何人随意捕杀蝴蝶，因为他们认为蝴蝶是有灵性的动物，值得敬畏和尊重。

由此可见，千百年来，蝴蝶已深深根植于白族人民的心中，成为其信仰的一部分。而蝴蝶情结已经发展成为白族人民一种文化的认同而代代相传。

每年农历四月十五，传说白族人民为了纪念雯姑和霞郎忠贞不渝的爱情，特设立蝴蝶盛会。这一天，在清幽的泉水边，串串蝴蝶飞舞到蝴蝶树上，使人眼花缭乱。大理白族人民聚集在此，赏蝴蝶、吹树叶、弹三弦、唱白族调，年轻人互诉倾慕之情，寻觅自己的意中人。

时光流转，岁月变迁，蝴蝶泉依然是大理那一处关于爱情与自由的精神家园。

神奇的大理，从不缺少美好的爱情，苍山洱海一年四季皆写满了风花雪月。而蝴蝶泉作为众多景点中的璀璨明珠，不仅景色优美，更是白族人心目中象征忠贞爱情的圣地。

大理，用最纯粹、最动人的所闻与所见，将这世间万般美好雕琢成七彩的流年。

寂照庵

一杯热茶
品人间滋味，
寂照庵里
探花落花开

◆ 寂照庵　方圆音画供图

◆ 寂照庵内以花供佛

|
误入的邂逅

享有"中国最美尼姑庵"之称的寂照庵，与我的缘分是一场误入的邂逅。

自苍山圣应峰缓步而上，一路上有肥肥的松鼠、歌唱的小鸟，还有一些虚掩着房门的院子，可窥探到石桌、石凳、假山石……苍山深处，叶子间的蜘蛛网载着晨露，美得像镶满宝石的蕾丝。

随着海拔的升高，偶尔回头，果然回头是岸——视线越过错落的屋

◆ 寂照庵花丛　方圆音画供图

顶和树尖，竟然可以看到一整片"天上"的洱海，那视觉效果像是海市蜃楼，不知道如果有太阳又会是怎样的风情。我实在没料到大理的苍山、洱海会美得如此震撼。我好想在那待上四五个小时，看风云变幻，等海枯石烂。

　　走着走着，瞥见左侧的小坡上有大片的马蹄莲和好多盛开的鲜花，仿若童话《绿野仙踪》里的世界，我想找个好点的角度俯拍整片花丛，遂爬上了这个小坡。待我一路跟拍完花朵，顺小坡不知不觉走进了一间世外茶苑。老木杍处搁满了盆栽和鲜花，一个木梯子倚在红墙上，上面挂着盛放的吊兰，梯子最上面还搭着一双满工绣花的幼童布鞋。

◆ 寂照庵一角　方圆音画供图

我沿着墙壁走到好看的那头去照门楣，照完又走出门照正面。这才发现上面写着"寂照庵"三个字。我还是头一回这么不走正门、"单刀直入"地来到一个道场，随即映入眼帘的是一个由多肉组成的巨大的"万"字法轮。我去过很多庙宇，见过用翡翠、珊瑚、松石拼"万"字的，用多肉拼成"万"字还是头一次看到。

◆ 寂照庵院内　方圆音画供图

‖
红的茶，白的花，温暖的心

　　进大雄宝殿拜过菩萨，一位师父说我穿得太少了，快去后面喝杯红茶暖暖，我瞬间被感动得无以言表。因是临时起意，在大理的五月，我只穿了一条七分袖真丝长裙，围了一条披肩。现在想想，好像我所有的裙子里，只有这条长裙上都是花朵。寂照庵的菩萨一定十分喜欢花。

　　寂照庵不愧为中国最美尼姑庵，遍地是多肉和鲜花。这种美，不夺目、不绚丽，但可爱、自在。大理有座山，山上有座庵，庵里有温暖的师父和无尽的鲜花。当时我突然想起一句话："以花供佛，换来世貌美，修一段完整的缘。"不过寂照庵的师父只是说，佛什么都不缺，供一份心是最好的。

我在此喝到了免费的红茶，一般进庙宇，忙着供养，很少这样被供养，不禁觉得这里简直就是极乐世界，定是我此前某一次的善行在这里获得了鼓励和奖赏。往常进庙宇，总想忏悔点什么，便数起自己曾经的种种不是。寂照庵则让我想起了自己曾经的种种善行，觉得我一定是因为坚持行善而来到这里的，善待他人一定也会被他人善待。在爬山的汗水逐渐冷却时，我的心被温暖关怀的话语、及时喝到的一杯驱寒的红茶，甚至还有好看的壁炉和篝火，烤了又烤，彻底暖和起来。这壁炉简直是为我造的，除了能烤火，它还设计得那么美——老石板、老石头，上面靠墙垒起的老瓦片，利用瓦片弧度的异同拼出花纹，对面的沙发上坐着人，壁炉上有一株好看的歪脖子花。太妙了，那么细心周到的设计，却又堆砌得不动声色，没有丝毫做作的痕迹。这间大屋子里还有只用老木头拼成的小舟，里面放着六盆兰草，小甲板上散落着很多个热水壶，里面是茶和开水。小舟用四根一米来高的小树桩悬空架起，其高度触手可及、方便取水。想来，满载着真心，小舟亦可到达彼岸吧。

Ⅲ

梦幻的彼岸

很可惜我不能够留下来吃素斋了，我还有既定的旅程。但这样温暖的片刻给了我很大的信心，让我得以在无际的人海中做一叶坚定的小舟。

我掏出随身玩的一个玉袈裟环，四处为它和多肉、鲜花合影。这简直像一个沉浸式戏剧的演出舞台，花儿都被合理地或吊或嵌在各种古朴的老木头装置上，擦肩而过的每一个人，都可能是菩萨的化身，这里的人不算少，但都很安静。他们喝茶、细语，漫步于花丛，受到爱、美、善的浸润，他们也一定会带着这样的种子走向芸芸众生。我就坐在大雄宝殿牌匾下的沙发上，看着眼前的场景，这没有台词的长镜头画面，欢喜、圆满。我想我还要再来，来这里吃一次素斋。我又想，大理还有多少神奇和玄妙？苍山还有多少秘境？古老的大理国曾经都发生过怎样的故事，才会生出如此的云和月，让这里美好得如梦如幻？

寂照庵，名字来源于"感而遂通，寂静照鉴"。据说寂照庵在当年云南都督唐继尧的主持下重建，现在庵门上的"寂照庵"三字就是唐继尧题写的。现在我们看到的寂照庵是曾经的全国皮划艇冠军高鲁东设计的，他后来因为喜欢盖房子而做了设计师，与寂照庵结缘也是因为在山中迷路而误入，正是他在改造时尽量不去改动原来的格局，而做成了敞开式的小院子，我才有了开头误入的奇妙经历。庵里墙上那个大大的"禅"字是在改造结束时他用扫把信手写的。而那位看我穿得单薄请我去喝杯热茶的师父，是寂照庵的住持妙慧法师。有趣的故事背后都会藏着感动，一切都是最好的安排。

无为寺

"有为无为，
有岸无岸，
身居龙渊，
心达彼岸 。"

◆ 无为寺 方圆音画供图

◆ 多位大理国帝王在无为寺出家

|
 法号广弘

　　大理特别有故事。其他各地的寺庙，名字一般都起得规矩而周正，多数会与地理位置相关。大理则不，比如寂照庵，又比如无为寺。它们的名字不会"撞衫"，且富有禅意，让人过耳不忘，耐人寻味。当然，寺院的殊胜与寺名无关，只是大理的一众寺庙让人觉得美得很突然，美得率性而富有诗意。难怪金庸老先生都钟情于此，在没有去过大理的情况下却写下了以北宋年间的大理国为故事发生地之一的《天龙八部》，且"天龙八部"本身就取自佛经。

　　中国有很多佛都，而曾经的大理国堪称佛国。金庸老先生笔下的段誉，其原型便是大理国的第十六代帝王段和誉。历史上的他是一位具有文韬武略的优秀帝王，但四个儿子为了争夺皇位明争暗斗，段和誉很失望。后因彗星出现，他认为国有不祥之兆，于是便禅位，出家于苍山兰峰脚下的无为寺，法号广弘，终年94岁，是大理国最高寿的皇帝。而他并非在无为寺出家的唯一一位帝王，另外还有9位。

‖
随心而往

从大理古城出发，沿着苍山开了有一会儿，司机说回程我不一定能叫到车，因为没什么游客的话，一般跑车的人不来这里。进寺的必经之路有一块黑底金字的木板声明，强调这里是清净修行的禅宗寺院，不会以任何名义向游客收取参观费用，亦不曾委托旅行社向游客收取含门票在内的任何费用。

我喜欢这样的耿直，光明磊落才是修行人该有的风格。无为寺确实没什么游客，只在寺前的山泉水处有几辆本地车。

穿过山路、矮坡山谷、逶迤树林，站在无为寺跟前，我脑中突然一片空白，仿若故地重游。这是一个让身心都非常舒服和亲切的地方，"今生一照面，多少香火缘"。有些事情很玄妙，倘若没有这次计划外的行程，我也许不会来到大理，更不会来到这个千百年来高僧云集的寺院。你若来了，便仿佛是应该来、必须来的。

如今在网络上搜索"无为寺"可以看到大量的攻略和图片，这个时代我们可以很轻易地就得到些什么，然而最珍贵的却并非唾手可得。比如你不跋山涉水，便不可能直面无为寺里的那株唐朝香杉，她伫立于眼前的时候，你仿佛在和凝固的时空对望，她苍茫高耸于世间，是时光雕刻的生命之树。

挺住了凌厉的暴雨雷电，对望于苍山明月，感受洱海清风，她是洞察了世间苦难的长者，千年后，你站在她面前会生出些倾诉的委屈，却又终于在静默中满怀对生命的敬畏。

她遒劲的树干犹如龙爪入云，我不敢去想是什么使她有如此的神力

◆ 无为寺　方圆音画供图

和生命力。我想象着她的根该扎得多深，会不会与这苍山上的古树根连着根？会不会主宰着整个大理城的命脉？与这苍山比起来她并不显得渺小，她们是一体的。这哪里是树？！这是神一般的存在。

　　千百年间经历过多少次雷电劫难，中空的葫芦形的树洞使她看上去像太上老君的炼丹炉，底部最大的树洞宛如一个巨大的佛龛，莫非是佛道两家都看上了这株神杉的灵气，于是争着给她留下烙印？

　　而她就这么睥睨世间风云，走过兵荒马乱，几度荣枯，老树新发，宛若神迹。你看她是神，她看你是众生；你看她是风景，她看你是尘埃。最快活的是鸟儿和松鼠，像是她的宠物一般在她身上雀跃欢呼，是啊，从它们爷爷的爷爷的爷爷的……爷爷起，它们就和她是邻居了，这种世交般的情义着实让人羡慕。

　　在1000多年前，无为寺落成时，开山祖师赞陀崛多和异牟寻共同栽种下这株来自天竺（古印度）的香杉，于僧侣的诵经声中，她得到了祝福与加持，成了无为寺一位默默无闻的护法与见证人。据说，观音菩萨踏空而至，于虚空颂一偈："有为无为，有岸无岸，身居龙渊，心达彼岸。"无为寺也因此而得名，大理国举国向善，盛世空前。1000年在浩瀚的历史长河里也只是一刹那，曾经的辉煌与美好作为根基渗透到大理这座古城之中，这里一定还藏着更多不为人知的宝藏。

唐朝香杉带来的震撼让我忽略了那口明朝大钟，仔细琢磨现场拍的几张照片后，我发现，这口钟与中原寺院的钟不一样，刻有双排的金刚杵和护法神。我拍到的这一面并无铭文，钟的边缘因自然风化有些残破，可惜我是下午去的，没能听到这来自明朝的法音。

Ⅲ
心达彼岸

路过放生池，我与方丈净空法师打过两次照面，他正和信众并肩探讨着什么。我知道他是方丈，是因为入口处有很多他的法事照片和介绍。墙上还有虚云老和尚与其他禅宗大师的合影，以及很多中外信徒习武的照片，展示了无为寺最盛大与最日常的生活场景。

方丈房门口的墙上和寂照庵的一样，很随意地写着一个"佛"字，仿佛在鼓励众生，成佛并没有那么难，人人都具有慧根。

单单一株香杉已经让我感到不虚此行，寂静无人的寺院里我随意走动着，不去刻意了解什么。瞬间，这里仿佛是我的私人属地。我在香杉的石头围栏上坐了一会儿，舍不得离去，崇敬、赞叹中亦夹杂着贪心。

步出无为寺后，果然叫不到车。看有当地车，我便上前询问可不可以有偿搭我回古城，结果对方说可以无偿带我回去，只是要等他们打完泉水。这才是真正地喝茶，来回20多公里打泉水回去泡茶，真会享受，这可是苍山的山泉水啊！而且是传说中的救疫泉。见势，我也不能错过，赶紧倒了杯中水，接了一大杯回去喝。如此，无为，随心而往，随遇而安。

三月街

最喜三月
去大理，
最好寻遍
人间色

◆三月街盛景　方圆音画供图

◆ 三月街盛景　方圆音画供图

　　彩云之南，四季如春，花开不败。而大理三月的春色，尤为动人。

　　苍山峰壑间虽然还闪现着雪影，但群花已绽放于丛林中，使以往青黑的山颜泛起了红晕。这时的洱海上，白帆点点、岛屿隐现，岸柳轻拂如忽闪之眉睫，清波荡漾如多情之眸子。

　　"大理三月好风光，蝴蝶泉边好梳妆。"——那是春的欢场，新长的叶、新开的花、刚到的人，看陌上蔓草肆意、长空纤云聚散，似乎苍山洱海间浪荡漂游的万物都是自由自在的。

　　在这旖旎醉人且热情洋溢的时节里，不说蝴蝶泉边金花与阿鹏情意绵绵的恋歌对唱，更不用说轻风吹拂下波光粼粼的洱海，阵阵细雨后层峦叠翠的苍山，仅是三月街的盛

会，便将三月的大理推
向美的极限。

　　大概人们心里也不
想辜负这绝妙的大理春
色，才有了这样不约而
同的欢会，久而久之形
成了"千年赶一街"的
盛大节日：三月街。

传承

　　大理三月街，古称
"观音市"，又名"祭
观音街"，是白族人的
大节日。每年农历的三
月十五日至三月二十一
日，这个白族盛大的节
日就会在古朴厚重的大
理古城西苍山麓举行。

　　覆满岁月气息的西
南丝绸之路和茶马古道，
与"大理三月好风光"
交汇，苍山脚下便逐渐
形成了交易国内外货物、
"买卖商场冠亚洲"的

◆ 载歌载舞三月街　方圆音画供图

◆ 三月街是白族的盛大节日

三月街。

　　但在很多大理人的童年里，三月街不仅是一场人间盛会，更是记忆里的美食游乐嘉年华，是可以拿一张钞票买一大堆稀奇玩意儿的集会……三月街不是一个官方定下的节日，不是一场普通的物资交易会，不是单纯的对歌赛马，更不是一种对游客的表演，而是无数大理人儿时的快乐源泉之一，是对世俗最宽泛、最单纯的理解，是镌刻于心灵深处的故乡之美，是刻入骨血的世代相传的记忆……

　　如果你在三月时到访大理，那必然要到三月街上沾沾人气、看看表演、吃吃小吃，才算圆满。

　　相传南诏细奴罗时，观音于三月十五日到大理传经，因此每年此时，善男信女们便搭棚礼拜诵经并祭拜观音。三月街成了讲经说佛的庙会。由于大理地处交通要道，古代云南信佛者众多，而随着社会经济的发展，庙会逐渐演变成滇西地方贸易集市和节日。

最初三月街带有宗教活动色彩，后来逐渐变为一个盛大的物资交流会、一个民族歌舞和体育竞技的盛会，汇集了各个民族的歌舞、体育运动，还有天下的货物。明清时期，四川、西藏、江南各地都有商人到此贸易。这期间，万商云集，结棚为市，交易各地土特产品、中草药材、骡马牲口和日用百货。年年如此，热闹非凡。

历经1300多个春秋，活动内容逐年增多，商品交易量不断扩大，三月街也越来越繁盛了。中华人民共和国成立后，三月街已发展成滇西各族人民一年一度繁荣的物资交流和民族体育文艺大会，对加强民族团结、促进民族间的经济文化交流起了积极的作用。

‖
节庆

"苍山月隐浮云绕，洱海风清碧浪涟。"这样的好时节，让人不禁心波荡漾，沉醉其中，误打误撞间，便不小心邂逅了心中大理原乡的模样。

节庆开始的时候，位于大理古城西门外的三月街上，到处悬挂起皮毛、布匹的色彩以及牛仔裤、西装裙的斑斓；四下飘飞着药材的异香，还有各种各样的民族美食的香气。

大理向来是茶马古道的必经之地，也是商贾咸集的地方，于是，热闹的三月街，自然成为滇西的"春季交易会"。

清朝乾隆年间，大理举人师范有诗："乌绫帕子凤头鞋，结队相携赶月街。观音石畔烧香去，元祖碑前买货来。"这就是对三月街的生动描述。

盛会期间，街上人山人海，从大理古城西门沿街通往会场，长达一公里的大路两旁商贸云集，货品琳琅，无论是喜欢喝酒骑马走四方的逍遥客，还是热衷吃喝玩乐的"吃货"党，都可于此收获乐趣。

Ⅲ
赛马燃情：马背上的速度与激情

"让我们红尘做伴，活得潇潇洒洒，策马奔腾，共享人世繁华"，当熟悉的旋律掠过脑海，相信每一个看过《还珠格格》的人，都有一颗想赛马的心！

这潇洒奔腾的赛马会，也是三月街上盛会的最高潮。每年此时，这里高手云集，万众瞩目，已经是全国各民族骑手竞技交流的一大盛会。

赛马场上，千百匹马如箭离弦，扬蹄飞奔。在飞驰的马背上，骑手们展开了勇气、智慧与速度的较量，展示站立、倒立、多人叠立等动作，上演一场场惊险刺激的"速度与激情"，为这春光明媚的季节添了几分阳刚之气。

Ⅳ
民歌嘹亮：婉转飞扬的动人旋律

苍山洱海风光旖旎，蝴蝶泉边情歌荡漾。大理各族人民皆能歌善舞，三月街对歌、赛歌盛况空前。千万人赶歌会的壮观景象，就是白族民歌活动的缩影。一首根据"白族调"改编的电影插曲《蝴蝶泉边》，唱响了大江南北，扎根于各族人民的心里。

盛会中，白族的姑娘小伙纷纷亮嗓开喉，欢度热闹的节日，活泼跳

◆ 三月街赛马 方圆音画供图

动的音符点燃了整座古城。

V
商贾云集：古老节日的
时代新篇章

在三月街期间，绫罗绸缎、珠宝香料、香火纸马、民族手工艺品、饰品、药材等应有尽有，一片四方商贾交会的繁华景象。商贩在这里交易各地特产，名特产一条街尤其让人流连：精雕细琢的剑川木雕、花纹瑰丽的大理石制品、下关沱茶、挑花绣朵的衣饰、大理草帽、扎染等，无不极具大理民族特色，给人惊艳的美感。

VI
美食撩人：呼之欲出的
大理味道

三月街每年都有新花样。吃喝玩乐的推陈出新为三月街民俗的传承注入了无穷无尽的活力。其中，特色美食是必不可少的，天南海北的特色美食汇聚于三月街，五花八门的小吃让人目不暇接，渲染着三月街活跃独特的饮食文化气氛——三月街标配黄焖鸡、十公斤牛奶才能换得一公斤的乳扇、大理冰粉凉虾、酸甜咸俱全的大理梅子、宛如艺术品的雕梅、特殊工艺所制的大理生皮、正宗的喜洲粑粑等，让来此的人们体验一场视觉和味觉交织的盛宴，品味舌尖上的万种风情。

VII
珍藏

中国因为有了云南，多出了许多的绚丽和灿烂；云南因为有了大理，生出了无限的妩媚和情怀。在无数春日的童话里，大理最是令人遐想万千，关于浪漫，关于风花雪月，关于诗和远方。大理有着太多，也太好的地方，三月街仅为其中之一，却也是无法替代的一个。

大音希声，大象无形，大道至简，这既然是贯穿整个生命的脉络，那也就无须华丽的躁动来附和。

苍山的祥云升腾环绕，洱海的清波荡漾无声，却传递出无限飞扬的思绪。街上白族男女嘹亮的对歌，山脚下壮阔起伏的马场，崇圣寺悠扬纯净的梵音，洱海夜空里精灵般旷逸优雅的明月……这些永恒的美早已定格在时光里，成为无数大理人心底最珍贵、最纯粹的回忆。

对于大理人而言，三月街不仅是一场盛会，更是刻入骨血的世代相传的记忆。正因有了三月街，有了这些美好动人的回忆，我们才得以穿过千载岁月，站在街头从容地瞭望那一抹至真至纯的人间烟火。

火把节

沉醉不知归路，
共赴一场
花火盛宴

◆ 火把节　方圆音画供图

◆ 火把节有非常热闹的仪式

火把节
ZW 2021.8.27.

山海之间，云端之下，与其向往仙境，不如来此人间。

这理想人间便是大理。因为热爱世上所有美好的事物，所以热爱大理。

大理的夏天，最适合出去撒欢，不会感觉到太燥热，这里总是吹着凉爽的风。

山花飞鸟，碧浪游鱼，天空的微蓝书写着无尽的美好，或许，人与

◆ 人们在火把节祈福

自然的和谐生动，在这里才有了最好的诠释。

滇西胜景远声名，火海人山映古城

"又是一个把你双眼点燃的七月，又是一个把你心灵点燃的七月……"七月吃过鲜美的菌子，八月便迎来了大理最好的季节之一——不仅仅是因为这里的夏末气候宜人，更是因为在这里将迎来一场盛大的节日：白族火把节，还能趁着一年一次的丰收，吃上最新鲜肥美的松茸、美味的长街宴……

在这"火遍全城"的一天，熊熊的火把燃起来，撒一把松香面，腾起阵阵烈焰，你追我赶，徜徉在夜色下，绚烂而热烈。人们载歌载舞，

◆ 庆祝火把节　方圆音画供图

激情的舞步、欢快的歌声交织，总能吸引上万人一同狂欢。这是大理白族人民欢庆生活的方式，为今年保佑平安，为来年祈颂福愿。

　　周城村是全国最大的白族自然村，这里保留了最完整的白族火把节仪式。每年的这一天，这块多情的土地就会被火热的激情点燃。远方的客人来了，外出的游子归来了，嫁出去的姑娘回来了，走亲串户的乡邻来了，外国的观光客来了，就连城里人也不愿在城市过"火树银花"的火把节，一群群地来到大理市喜洲镇周城村，与当地的白族男女一起过原汁原味的火把节。

　　这场"六月狂欢"是白族人心目中仅次于春节的最隆重的节日。

　　相传火把节的由来，是为了纪念柏洁夫人的勇敢聪慧，其故事千百年来在苍山洱海间流传。

　　初唐时期，苍洱地区各部落纷争不断，群雄逐鹿。在唐王朝的支持下，蒙舍诏实力逐渐强大，皮逻阁遂起吞并其他五诏之心，以祭祖为名邀请其余五诏首领，然后火烧松明楼，将五个诏主尽数烧死。

噩耗传来，邓赕诏主夫人柏洁星夜赶往蒙舍，凭借一支铁钏，从废墟中赤手挖出面目全非的丈夫的尸骨。皮逻阁欲强娶她，柏洁宁死不从，安葬好亡夫之后便沉江而亡，只留下这一段令人感慨万千的感人故事。

于是，每到这个日子，白族人民就接过柏洁夫人手中那象征正义、光明和爱情的火把。代代燃烧的火把终于演变成一个欢乐而又盛大的节日。

昔日的壮烈之举成为今日激动人心的集体记忆，这或许就是节日的意义。每一个特殊的节日都将温暖记忆留给今世的人们，未来即使天各一方，仍可拿出来回忆、祭奠，也是一种治愈和慰藉。

夜幕降临时，人们立起火把，哼起白族调，扬起霸王鞭，燃起血液深处那份有关于火的崇拜的远古记忆。

II
万朵莲花开海市，一天星斗下人间

夜幕初合，星斗才升，喝足了用距此很近的蝴蝶泉水酿制的酒浆，吃饱了用洱海水煮出来的洱海肥鱼，户户白族儿女倾家出动了。村寨被挤得水泄不通。巨大的火把丛被希望的火种点燃，男女老少载歌载舞地绕着火把丛转，孩子们争抢着烧落下来的火把果，笑声在四溅的火星中飞扬。

如果在这时能够飘悬于大理上空，就会发现大理渐渐变成了火的海洋，从黄昏时星星点点的火光，到最后成了蔓延四野的火海。

初始星星点点的火光，是各村各寨点燃的大火把，后来的火海、火龙，则是人们在狂欢、耍火把、打火战，是迎接火把节的高潮。

笑脸迎着笑脸，真心连着真心。几乎人人手中都有一支小火把，每支小火把都捆扎得这么精细，爱美的姑娘会在上边缀上一朵白花，嗜甜的青年在上边吊上一串火把果，刚结婚的贴着喜字，老年人的却有一个寿星……

村里村外，人声鼎沸，火光璀璨，随着炽烈火焰的升腾，欢乐被点燃，整个苍山洱海仿佛都已经变成了一片燃烧着的天地。

无数支火把联结成一条火龙，一条条火龙汇聚成火的海洋，映照着苍穹。火星四溅，仿佛生长在天空中的植物，藤蔓缠绕，纯洁芬芳；亦仿佛描绘于夜色中的图画，色彩绚烂，生动美丽；又仿佛张扬在神明手中的光网，明灭变幻，动人心魄。

火海掀起波涛，火浪溅起火花。火，烧红了天；火，烧红了水；火，烧红了山。水天一色，一片赤红。水如绣、山似锦的苍山洱海，变得热烈、绚烂、迷幻……

此情此景，诚如古诗所言："万朵莲花开海市，一天星斗下人间。"

这就是大理的八月，用一场盛大的火把盛宴来点燃生活的热情，亦唤起游子对家乡的思念。

Ⅲ
烟萦桂树暗不升，火照天云第几层

爱大理的人都知道，这里有温柔的洱海，有沉静的苍山，有活泼的风，有清朗的月，虽不火热，却颇具深情。不过熟悉大理的人更知道，温婉的大理也会有热情绽放的日子，那便是一年一度的火把节。

火，开启了人类的文明时代，给人类带来了进步和光明。

火，代表着澎湃的激情，象征着一种精神、一种追求，也寄托着一种希望。

熊熊燃烧的火把，宛如降落在掌心的白昼星光，寄托着人们对美好生活的希冀与向往、对幸福爱情的追求和憧憬、对兴旺事业的期待及热望……在广袤的黑夜里，交错成滚烫的光耀，于人间山河中，重现满目星河。

因此，火把节不仅是大理白族人民祈求风调雨顺、五谷丰登、国泰民安等美好愿望的一种形式，更是将他们对火的崇拜与追捧诠释得真切而彻底，可谓白族人心中一种割舍不断的情缘。

在这个被誉为"东方狂欢节"的日子里，万民同欢同庆，不灭的火把贯穿了岁月，无限延续于光阴的刻度上，燃烧在每一个爱家乡、爱生活的人的心中，永不熄灭。

◆ 传统节日文化代代传承

鲜花宴

林花未谢春红，大理花事何时了

◆ 鲜花宴 方圆音画供图

　　云南是鲜花的国度，更是鲜花美食的世界。鲜花美食，跳跃在舌尖，留存在记忆里。

　　一场不期而遇的相约便携着那"别处即远方"的漫不经心，在大理这个充满情怀和诗意的地方邀游于舌尖之上，成全与鲜花的一场"乍交之欢"。

|

初遇：风花雪月处，四时花肴中

　　鲜花入馔，古已有之。最早的记载当属屈原在《离骚》里的"朝饮木兰之坠露兮，夕餐秋菊之落英"。而在"植物王国""天然花园"的云南，鲜花入馔更是普遍。这里是花的海洋，风里都弥漫着花的芬芳，四季花开不败，春城名扬天下，更有如民谚"云南十八怪"中所言：勤劳山民起得早，鲜花异草当蔬菜。

　　犹记《书剑恩仇录》中，香香公主天生喜欢吃草原里的花卉，所以她成了金庸小说中最漂亮、

◆ 鲜花制成的点心　方圆音画供图

最好闻的女人。这并非仅是小说中才有的情节，在大理，鲜花入馔是饮食特色，不仅口味轻浅鲜嫩，还会有一种别样的清香。

　　滇西大理白族地区的气候四季如春，空气温暖湿润，历来被誉为"杜鹃花王国"，山林间除分布着180多种五颜六色的杜鹃花外，一年四季更是百花盛开，当地的白族和其他各族人民，经过尝试，从千百种花卉中筛选出近百种可供食用的鲜花，世代流传下来。

　　鲜花烹饪向来不拘一格，可制点心、热炒、做汤，亦可作为调料，成品多口感清淡。烹调方法可凉拌、炒、煎、炸、汆、蒸等，还可酿制花酒，以花入茶。食用鲜花，不仅可驻颜美容，还兼具营养和医疗价值，妙处颇多。

　　这混合了芳、鲜、趣、意的曼妙滋味，令人一品难忘，不仅丰富了食客的味蕾想象，更在红尘烟火中创造出了优雅而瑰丽的花肴文化。

II

入心：缠绵大理味，花事知多少

天气常如二三月，花枝不断四时春。

在风花雪月的大理，一年四季花开不断，食用鲜花的风俗也绵延至今。

樱花、梅花、茉莉花、桂花、玫瑰花、杜鹃花、菊花……带着不同季节的风致，将花香融入美味中，光是想象画面，已觉风光旖旎。

蓝天碧水间，红英缤纷，山花烂漫，风回燕舞，澜波清澈。这里是百花争妍的理想胜地，每一朵花芬芳绽放的过程如同爱情一样美好，明媚的阳光就这样洒落下来，带着一丝馥郁动人的气息。那一花一树、一光一影，恍然间竟勾勒出世人所向往的诗与远方。

大理的花肴文化由来已久，种类多样，吃法也丰富多变。徜徉花海中，花事难了，不如共赴一场春日盛宴——

玫瑰花

不负花期不负卿，便以鲜花留住想念的春天味道。

花开正好，撷与君尝，犒赏自己的味蕾，亦告白这方灵性天地。

云南名点——鲜花饼，便以玫瑰为主料，现采现做，保留了花朵最饱满的口感和味道，皮薄馅软，花香满溢，吃后口齿留香，是颇具云南特色的经典点心代表之一。

茉莉花

冰雪为容玉作胎，茉莉花是清新纯洁的最佳写照。

暮春初绽的茉莉花，点缀在片片绿意之上，清香袭人，也是药食同源的上品。当香气袭人的白色茉莉邂逅金黄色的鸡蛋时，便成就了一道色香味俱全的茉莉花煎鸡蛋。还有茉莉冬瓜汤、茉香蜜豆花枝片、枸杞茉莉鸡、茉莉花粥、茉莉豆腐、茉莉银耳汤等菜品，令人不住叫绝。

金雀花

肉汁香煎金雀花，宛若阳光拂照的绝美印象。

春天是金雀花盛开的季节，成簇的金黄色的花朵挤满枝头，热烈奔放，远远望去，只见金黄一片。整树盛开时如展翅欲飞的金雀，满树金英，微风吹拂，摇摇欲坠，甚为悦目。

金雀花常被拿来与蛋搭配，或煎或炒，花的甜味加上煎蛋的香气，惹人垂涎不已。

石榴花

五月榴花照眼明，是热烈惊艳的火红胜景。

未到石榴果惊艳金秋，火红明艳的石榴花就已经在五月份点亮了大理人的餐桌。或清炒，或与腊肉混炒，口感爽脆，清妙鲜香，是初夏不可多得的美食。

杜鹃花

杜鹃啼时花扑扑，仿佛孤冷魅惑的苍山精灵。

大理地区虽然分布着180多种五颜六色的杜鹃花，但大多有毒，当地人只取当地盛产的大白杜鹃花食用。白杜鹃花做法多样，可做各种炒菜、蒸菜，或煮汤时，加之作为配料。因有得天独厚的丰富食物来源，白杜鹃花才成了白族人家药食并用的一种美味蔬菜。

海菜花

冰肌玉骨如雪花，这说的是洱海遗珠的原生美味。

洱海中的网红植物——水性杨花，即海菜花，早已伴随着大理的发展而远近闻名。蓝天白云，青山碧水，一朵朵玲珑剔透的小白花，漂浮在湖面上，美成了莫奈的油画。它不仅美好，还很美味，花梗和花都能吃，常见的有凉拌海菜花、清炒海菜花、海菜芋头汤等做法，入口鲜嫩，清淡宜人。

玉兰花

故将清露作芳尘，花开如雪的刹那，令人怦然心动。

玉兰花花开时异常惊艳，满树花香，花叶舒展而饱满，庭院中青白片片。它宛若玉雪砌满枝头，清香怡人，优雅而落落大方。无论是凛冽的冷香还是细密的清香，其经烹饪之后的变化，让人充满想象：玉兰饼、玉兰花蒸糕、玉兰花熘肉片等等，就连吃起来的味道，也带着季节独有的清新气息。

Ⅲ

倾慕：最是春好处，与君共珍馐

满眼绿色在明朗的天空下延伸，窗外微风轻轻拂面，绿树白花，纷繁如幕，皆是大理与众不同的风景。以花为食，更是别处难寻的美味。

在鸟语花香的绿野中漫步，有窈窕的白族姑娘，可以友之乐之，还有丰盛的花宴，以远离都市喧嚣，品尝最真实的春日味道。

花中雅事，缠缠绵绵，映和着浮云下的落日熔金，便如此镌刻在大理的风光与四时中，勾起心底最纯粹的倾慕。

白族土八碗

万年修得
舌间福，
大理乡宴的
山海滋味

◆ 洱海捕鱼　方圆音画供图

有多少种食物，就有多少滋味。有多少滋味，就得有多少穿透灵魂的共鸣。

属于大理的味道，夹杂着苍山的清冷、洱海的湿润、雨后新鲜菌子的鲜美、慢炖火腿汤的馥郁，这些玄妙而有力的味道，会让人忘记初春的微寒和盛夏的炎热，忘掉指尖的清风，忘掉山间的云彩，忘掉河边的月亮，忘掉尘世间的一切忧伤与惆怅。

田地饶广、山峦起伏，加上高海拔低纬度的地理特征，使得这里物产丰富、食材鲜美，是最适合放纵味蕾的原乡。

九月以后的大理，适合欢悦宴集，延绵的雨季在一场骤然而至的雷暴雨之后远去。此时天空澄明，农事也已告一段落，大家开始呼朋唤友，开始一场又一场的宴席，将一直持续到次年春天。

令人无法抗拒的饕餮盛宴，把酸甜苦辣浓缩在一场宴席间，冬的收藏和春的绽放弥漫在鼻端，大地和田野的芬芳在舌尖上翻腾、交汇、肆意舞蹈。

这些是所见，是日常，是万物生长之中身体与心灵最旷日持久的对话。

土八碗：白族宴席的主角

谈起大理的招牌美食，除了生皮、酸辣鱼、乳扇这几道菜，当之无愧的就属"白族土八碗"了。土八碗是白族人宴请宾客的传统菜肴，里面的每一道菜都体现了白族的民俗、民风、民情。白族人热情好客、容纳四方的大气都融汇在这土八碗里。

"八"是一个源远流长的吉祥数字，白族人的生活，是离不开"八"字的，它不仅仅是"发"字的谐音，更是力量的象征。

按照传统，摆放土八碗的宴桌必是八仙桌，八个人为一桌。由千张肉、粉蒸肉、酥肉、红肉炖、拼盘、煮白豆、杂菜汤、煮竹笋组成土八碗。

白族土八碗荤素搭配，肥而不腻，素而不淡，营养丰富。炸、炖、煮齐全，有蒸有余，色泽鲜艳，同时也突出了白族饮食酸辣口味的特色。白族人将自己的美好情意寄寓其中，并分别取名为"延年益寿""年年有余""千岁平安""和和睦睦""舒舒服服""情意绵绵""相思百年""百年好合"。

土八碗所呈现的不仅是一个民族的饮食文化，更是一部白族人的"百科全书"，体现了白族人的用心、对美食孜孜不倦的追求，以及对传统文化始终如一的传承。

◆ 白族土八碗 方圆音画供图

II

核桃宴：唯核桃与美食不可辜负

每个人的心中都有一座属于故乡的城堡，每个人的味蕾上都有一碗属于故乡的美食，城堡用来储藏自己的情感，美食用来安慰自己空洞的肠胃。故乡就在味蕾上长久地盛开着，一瓣一瓣，散发着独特的气息和美感。

而作为特色鲜明的食材，核桃独到的口感一直吸引着人们的关注。在大理，漾濞核桃甲天下，其核桃吃法也是一绝。在这个被誉为"中国核桃之乡"的地方，其出产的核桃不但质量高、产量大、品种多，还以其果大、壳薄、仁白、味香、出仁率高而享誉天下。

这块得天独厚的土地，因悠久的核桃种植历史而孕育出了许多与核桃有关的文化和美食。核桃的吃法多种多样，有核桃蘸蜂蜜、核桃糖、核桃茶、核桃酒、核桃糕、核桃乳、核桃油、核桃宴等等。

其中，核桃宴是彝县人民在重大节日里招待贵宾的宴席和最高礼节，所有菜品都以核桃为原材料。若有尊贵的客人来了，摆一桌核桃宴：核桃炖羊脑、核桃扣肉、核桃八宝饭、核桃肉圆子、核桃叶炒火腿、核仁荷叶饼、核桃糕、香酥核桃、青椒煸炒新鲜核桃仁、核桃仁炖鸡蛋、核桃炖猪脚、核桃馅汤圆、核桃拌生皮、核桃粥，外加一碟核桃"鬼火绿"，即火烧小米辣加入葱、蒜、芫荽、花椒、酱油、柠檬酸，将核桃仁拌入

◆ 核桃菜品　方圆音画供图

其中，酸辣爽口。喝核桃酒，吃核桃宴，吃好喝好，再上一壶热腾腾的核桃茶。人生快意，不过如此。

Ⅲ

豆腐宴：尝出酥软幸福感

中国历史文化名村、省级旅游小镇——大理弥渡县密祉镇，因茶马古道传承了厚重的历史，不仅是著名的花灯之乡，也是远近闻名的美食胜地。

一首东方小夜曲《小河淌水》让密祉盛名在外，悠远动人的旋律萦绕在心底。而一桌香浓滑嫩的豆腐宴却让每一位游人收获了属于自己的味蕾记忆。

豆腐及豆腐宴，堪称密祉一张亮丽的名片——这里的村民家家户户都会制作豆腐，擅长做多种豆腐菜肴，用色、香、味俱佳的豆腐宴招待亲朋宾客。

密祉豆腐的工艺传统而独特，它是用酸浆水点制而成的，水取自文盛街街尾的天然名泉珍珠泉，这种泉水不仅富含人体需要的多种矿物质、微量元素，且以其做出的豆腐质地硬度适中，把切不蔫、雕花不黏、入锅不烂、鲜嫩爽口。完全以豆腐为主要食材而制成的豆腐宴，更是密祉一绝。

寻常的豆腐宴菜品有豆腐圆子、鸡腰豆腐、口水豆腐、黄金豆腐、香辣豆腐丝、口袋豆腐、纯味豆腐、卤水豆腐、三鲜豆腐卷、脆皮豆腐、原汁豆腐、锅贴豆腐、白油豆腐、家常豆腐、麻辣豆腐、酸汤豆腐、豆花、鲜豆浆等上百种。你若要来这《小河淌水》的故乡，必要尝尝豆腐宴。一年四季，不论哪一天，在密祉都能吃到豆腐宴。以当地优质豆腐为主料的佳肴，通过拌、煎、炒、蒸、煮、烤等千变万化的制作方式，色、香、味、型各有奥妙，其味之美、之鲜，只可意会不可言传。

◆ 豆腐美食　方圆音画供图

IV

跳菜："跳"出来的南涧传奇

在大理南涧彝族自治县，数千年来，不论婚丧嫁娶、年节庆典，村寨里都跃动着"跳菜"的身影。

"南涧跳菜"又名"抬菜舞"（彝语称为"吾切巴"），是无量山、哀牢山彝族民间一种独特的上菜形式和宴宾时的最高礼仪。南涧彝族将粗犷、古朴、生动的舞蹈、音乐、杂技与饮食相融合而创造出跳菜，逢喜事助兴，遇丧事化悲，堪称"东方饮食文化一绝"。

宴宾时，通常将方桌沿两侧一字摆开，宾客围坐三方，中间留出一条通道。三声大锣拉开跳菜序幕，大号、唢呐、歌声齐鸣，人们翘首以待的跳菜师傅就此闪亮登场。

他们举着托盘，盘中摆满菜碗，两人一组，相继而出。有的一人骑

◆ 跳菜传统　方圆音画供图

在另一人身上，下方两手托盘，上方吹奏金唢呐，头还顶着大菜；还有精彩的"口功送菜"，那口功送菜的难度不亚于杂技，令人惊叹叫绝。在节奏丰富的音乐声中，师傅们迈着轻柔而敏捷的步子，一摇一晃，姿势各异，变化多端，时而"金鹿望月"，时而"野鸡吃水"，翻转跺脚，刚柔相济，其动作幽默而滑稽，舞姿轻盈而优美。

跳菜是大理南涧彝族自治县的传统民间艺术，被誉为南涧民族文化的"活化石"。一场场乡间宴席，从最初的感恩食物与收获，到如今的相聚庆典，彝族人在品尝美食的同时，也享受了一场绚丽多姿的视觉盛宴。

大理，这片被岁月眷顾的神奇之地，让不同民族、不同文化、不同地域的人们，会聚于此繁衍生息，他们所拥有的包容、豁达、开放的特性，同样融入了充满乡土味道的美食当中。

无论时序如何更替、岁月如何变迁，守望好那眼前的一席乡宴、那桌上的一碟美味，也许便是对故土和亲人最深切的依恋。

◆ 跳菜步伐　方圆音画供图

酸辣鱼

苍洱味道，
在酸辣鲜香里
被治愈

◆ 酸辣鱼 方圆音画供图

在无法轻易远行的日子里，人们便更加想念那个能让心灵安顿的地方。它以理想中最明媚的姿态跃入脑海中，有山，重峦叠翠；有水，碧波荡漾；有风，春风拂槛；有月，花月潺潺。

这便是大理。

背山面水，开阔辽远；晴空暖阳，炊烟处处。远游来此，不问归期，如风徐行八千里，再入乡随俗，觅得当地美食，在味道里得以升华。

所有的美好，便都有了意义。

I
坐标洱海，性喜食鱼

大理，是云南最早的文化发祥地之一，4世纪时，白族祖先就在这里繁衍生息。这里散布了许多氏族部落，史书中称其为"昆明之属"，他们共同创造了灿烂的文化。相传早在远古时代，就有人在洱海边居住，以捕食洱海里的鱼为生，鱼成为其主要食物来源。

正所谓靠山吃山，靠海吃海，那么生在洱海边、长在洱海边的人，自然地，便也对鱼喜爱非常了。经过数千年的演化积淀，大理逐渐形成了许多以鱼为烹饪对象的美食。

著名的酸辣鱼，便是大理白族待客时常做的一道菜，酸、微甜、辣、果香构成层次分明的口感与奇妙的味觉体验。

正宗大理酸辣鱼里装满美味，也装满旧时光。苍山下、洱海边，那些与渔和鱼有关的往事，早已融入了小城的记忆里。一道传统的酸辣鱼，让几代人的时光重现，平淡里隐藏着的是一腔热忱的潇洒与热烈。

清晨，风声与霞光共同把洱海唤醒。随着渔船一同回岸的鲜鱼，还散发着湿润的气息，它们是集市上永远的主角。

苍山上的积雪融化后，流经脚下的村庄，灌溉着大片的田地，然后

◆ 酸辣鱼 方圆音画供图

流入洱海。冰凉的苍山雪水，让洱海水冷而不冰，常年保持在 12 摄氏度到 21 摄氏度之间，这个水温，让洱海出产的野生黄鲫鱼肉质更加鲜美，成为烹制酸辣鱼最好的食材。

‖
酸香鲜美，丝丝入味

大理美食的另一个关键词是"酸"——大理人爱吃酸，跟气候有很大关系。由于处在亚热带季风气候带，大理常年早晚凉中午热，这让人很容易身体燥热、暑气郁积。于是，通过食用某些具有清热解暑、开胃消食功效的食物来保持代谢平衡，就成了当地人日常必备的生活经验。

自然与新鲜，是大自然赐予我们最好的调味品。大理盛产的"酸木瓜"味酸且香，夹着木瓜特有的口感，使得酸辣鱼有无尽的悠长回味。而产自洱海的鱼以鲫鱼为最佳，肉质紧实，鲜香回甜，配合糟辣子和辣椒面，形成层次丰富的独特风味。

当然，想煮出好吃的鱼，除了鱼好，还得水好。鲜鱼配上苍山上流淌下来的天然山泉水，口感堪称绝妙。

如此烹制好的酸辣鱼，既有白花木瓜的果香，又有洱海鲫鱼的鲜美，酸得开胃，辣得销魂，仿佛清晨里洱海的波浪，让人情不自禁心神荡漾。

采用新鲜食材，是对美食的致敬，而尝遍所有美味后依旧贪恋的味道，我们称之为"家的味道"。

一盘原汁原味的酸辣鱼，没有多余调料的遮盖，最大限度地保留了食材的本味，而在锅中微妙的变化则交由时间来完成，慢火轻煨中，是大理人对生活的期许与热爱，更是以一腔的执着与纯粹，不负这片山海。

Ⅲ
香溢乡愁，人间至味

去大理，沉浸在它的风花雪月中，绝美的景色、慢节奏的生活，好像真的能治愈我们的心灵。风景可以由别人记录，味道却只能靠自己去体验。

不同的人，对于同一种食物的感情和喜爱程度也可能迥然不同，正如我们每个人的时间感、空间感都有差异。而得天独厚的大理，由于特殊的地理位置和优越的生态环境、丰富多样的各种上等食材，却好似具有魔法一般，能够随时触动和满足那些"吃货"的渴望。

在做酸辣鱼之前，先把材料备好。冷水中放入鱼，加入各色佐菜，等汤煮开之后大火转小火慢炖。温厚的柴火，慢慢炖出洱海鲫鱼丰富的胶原蛋白，浓浓的胶原蛋白汤，是一锅美味酸辣鱼的关键。

沸腾、飘香，惊觉于人间。

开盖、起锅，酸辣香弥漫。

这一刻，仿佛不仅有人间烟火，还有不远处的诗和远方。

最后，端上饭桌的酸辣鱼红红火火，酸香麻辣，只感觉到一片明媚红艳，伴随着浓郁的香味动人心魄。

几人围坐闲谈，若是能一边吃鱼，一边看海，便是最好的光景。

酸辣鱼，吃的是一个酸，一个辣，一个鲜，一个香。鱼肉鲜，水质好，才能做出好吃的酸辣鱼。对于大理人而言，不管去多远的地方，吃过多少种口味的水煮鱼，最不能忘怀的还是洱海边酸辣鱼的味道。一碗鱼的百转千回，承载的是绵长的乡愁，浓郁又热烈。

对于这片土地的情感，也许千言万语都不足以表达。似乎那些句子都流淌在食材里，抵在舌尖，滑入胃里，化在心头，温柔了眼睛，滋润了身体。

就如此，守一隅安宁，珍惜眼前拥有，卸下沧桑和浮华，哪怕白云苍狗，亦是眉目温暖、岁月轻柔。

特色菜
Local Cuisine

诺邓火腿

探寻诺邓古村的
千年一味

◆ 诺邓火腿　方圆音画供图

美好的食物都值得被欣赏，尤其是在被阳光肆意拥抱的大理城，唯有让食物成为照耀尘世的太阳，才能不负生活与自然的双重美意。

寻味大理深处，有一种香气，从岁月中走来，成全着食客与食物之间的时间艺术，遵守着三年复三年的温暖约定，缠绵于感受，满足于心灵。

那是造物者精心赋予的灵魂香气，淳朴而珍贵的品质，足以从舌尖引发灵魂的震颤。

这便是诺邓火腿。

I

自然的馈赠，包裹美味的神秘外衣

大理云龙县的诺邓古村，是记录井盐历史的活标本，名字传自南诏时期，历时 1300 余年没有改变，是云南最古老的村庄之一。

而今，那些产量稀少却品质卓绝的盐泥火腿，更像是听得到看不到更难吃到的奢侈品，以全手工的加工工艺和色泽红润、香味浓郁为特色，躲在巷子深处，散发着诱人的气息。

盐，曾经是无比珍贵的资源。而千余年前，诺邓就开始凿井熬盐。这个千年古村因盐井而兴盛，曾是茶马古道上万商云集的商业中心，至今保留着 60 多座明清时期的显赫民居建筑、20 余处宏伟的庙宇，让人在瞭望感慨之余，足以遐想当年的繁盛景象。

自《舌尖上的中国》播出之后，无数游人食客踏入诺邓古村，寻访这种用诺邓井盐腌制出的旷世美味——诺邓火腿。

据 1992 年版《云龙县志》记载："白族每年腊月都要杀一头肥猪，称为'杀年猪'。猪宰后要按各个部位分割，腌制腊肉供一年食用。"诺邓火腿在明清时期就经"南方丝绸之路"出口缅甸、印度、越南等国家。

经千载传承、用古法腌制出的别样滋味，像令人惊喜的老朋友，带着流年的芬芳与人们相逢，这份坚持与匠心，足以让诺邓火腿成为与宣威火腿、鹤庆圆腿并称的云南三大名腿之一。

II

纯粹的食材，世代传承的大理珍馐

在诺邓人看来，一只火腿的诞生，不仅需要时间的滋润，更需要诺

◆ 诺邓火腿 方圆音画供图

◆ 诺邓火腿菜品 方圆音画供图

邓井盐的浸养。

　　"诺邓火腿的最大优势，就是不含亚硝酸盐。它是采用我们诺邓的井盐加工而成的。"当地人如此说道。

历史上，滇西的茶马古道有一个特别的分支——盐马古道，这条盐马古道上流通互市的盐，丰富了"以盐课为要务"的云龙县的历史文化。而这其中最古老的部分则来自一个"有老虎的山坡"——诺邓古村（白语中"诺邓"即"有老虎的山坡"）。

　　传说中的猛兽，多护佑着财富，诺邓也因古老、高品质的井盐，给世代居住于此的诺邓人带来了富足的生活。

　　除了井盐，制作火腿的原料也至关重要。诺邓火腿选用的是诺邓当地一种特有的黑猪——诺邓黑猪，是养殖在云龙县大山深处有着1000多年历史的地方品种。选用优良的肉猪后腿，保证了腌制出的火腿香味浓郁、色泽红润、咸度适中。

　　一只成熟的诺邓火腿，一般需要3年时间风干，其间浸透了岁月的痕迹。这3年的时间里大自然的雨量、气温、霜期等都随着火腿的发酵慢慢地被记录在火腿里，形成了与众不同的时间的味道，就好像葡萄酒一样，火腿的年份也是可以从味道中觉察到的。

　　名声大噪后，抢购诺邓火腿的商家蜂拥而至，火腿供不应求。但是诺邓人并没有被巨大的利益所打动而放弃传统的制作方法，他们拒绝违背古老的技艺，拒绝加班赶工缩短生产周期，依然坚持在立冬以后到立春以前的时间段制作火腿，因为这是腌制火腿的最佳时间，此时腌出来的诺邓火腿也最好吃。

　　直至今天，诺邓人还是坚持用传统的悬挂阴干自然发酵的方法制作诺邓火腿，坚持以时间的淬炼，让美味更加层次分明、历久弥新。

Ⅲ
时间的味道，震撼心灵的美味原乡

　　相传南诏王微服私访，见诺邓火腿用盐泥敷腌，大感惊奇，命人取来，观之色泽红润，令人赏心悦目，食之香味浓郁、满口余香，于是对此赞不绝口。

好的食材，无须缀饰，也无须复杂的处理工艺和调料，只需最朴实无华的做法，便能描摹出最本真、最动人的样子。

诺邓火腿可以生吃、蒸煮、翻炒，或者煲汤，无论以何种方式烹饪，都能体会到绝妙的滋味。

如果你有幸来到诺邓，就会发现，在这个僻静之所，能获得前所未有的宁静与安心。诺邓的角角落落，古味甚浓，像极了一杯浓咖啡，不管时间怎么流逝，风味始终不变。

走在诺邓村的巷子里，便有腊肉的香味扑鼻而来，几乎每家每户的墙上或屋檐下都挂着自家腌制的火腿，让人不禁羡慕起诺邓村民的美味生活。

诺邓火腿之所以有名，是因为两个特殊条件：除了用于腌制火腿的诺邓盐含钾，还归功于诺邓村特殊的环境气候。冬无严寒，夏无酷暑，火腿可长时间晾挂，而地处山坳、多山多水的条件，造就了诺邓雨量适中、温和、霜期短、适宜深度发酵的气候，从而使得整个诺邓变成一个天然的发酵场。

这期间，来自环境中的乳酸菌、酵母菌、霉菌以及猪腿本身自带的酶会不断滋长，共同作用，将火腿的酸味、苦味和涩味降到最低。

在整个制作过程中，那揉搓的动作、拍打的声音、食材的香气，无不营造出诺邓火腿的千年韵味，令人垂涎欲滴。

当所有工序都完成之后，就将 3 年的等待一并托付给时间，在岁月静默而温柔的呵护里，一只油脂薄、瘦肉多、鲜滑味美的诺邓火腿会逐渐臻于完美。或许，那味道中应该会藏满这 3 年的微雨清风、朝霞晨露吧。那时，夹起一片送入口中，再回报以最深沉的满足：世间珍馐，无出其右。

雕梅扣肉

寻味山海间，一口尝遍风花雪月

◆ 稻田中的白族人　方圆音画供图

古城屹立千年，藏着风花雪月，含着诗情画意，敛着万般柔情，让人深爱不已。九街十八巷中的风物更承载着不朽与希冀，吸引着无数的人慕名而来，成为其一生中不能不去的地方。

岁月美好得仿佛飘在空中，光是想着，便已觉得无憾。那浪漫的、温暖的、惬意的、诗意的山川湖泊，宛如理想国，住在每个人的心里。

而在寻味美食的路上，大理必须拥有姓名。每一种大理味道，都满含南诏古国在美食上的造诣，都是舌尖上的风花雪月，都是大理人念念不忘的家乡味道，亦是他乡客一见倾心的人间至味。

上关花·秀色：雕梅扣肉

◆ 雕梅扣肉　方圆音画供图

春和景明处，青梅已缀枝。

繁茂的青梅树林间，绿荫层叠，梅叶披纷，果与叶交相掩映，香与色各自纷呈。

刚摘下来的青梅极酸，尝一口便使人蹙眉，可这极致的酸也难不倒在美食上极具天分的白族人。白族姑娘摘取春天里饱满圆润的青梅，用纤巧素手以小刀在上面雕刻出曲折的花纹，再轻轻压成菊花状。腌渍数月，方成雕梅。

在民风淳朴的大理，当地白族姑娘大都从小就学习制作雕梅，因此这项手艺往往成为衡量一个姑娘心灵手巧与否的标志。

据当地风俗，在她们出嫁之前，呈给婆家的见面礼中，就有一盘精心雕制的雕梅。新婚之夜，新娘更要"摆果酒"招待宾客。雕梅的制作技艺和味道如何，便成为人们讨论的话题。

备受喜爱的雕梅除了酿酒，还常常被用来做雕梅扣肉。蒸好的扣肉，喷香油亮，梅子更是滑润剔透，仿佛水晶一般。而每一片猪肉都吸饱了梅子的清香酸甜，肥而不腻，软嫩可口。正应了那句："小小青梅上指尖，巧手翻作玉菊兰；蜜糖浸渍味鲜美，疑是仙葩落人间。"

II

下关风·风味：生皮

◆ 生皮　方圆音画供图

在大理，有一道菜无人不知、无人不晓，它是白族人最喜欢的传统菜肴之一。无论是在质朴的农家饭桌，还是在高雅的白族宴席上，总少不了它的身影。

这道在苍山洱海之间大行其道，颇具民族特色的美食，就是"生皮"。

提起大理的生皮，就像经过一条洋溢着油炸臭豆腐味道的街道，人们或皱眉掩鼻，或知味闻香，要么爱得真真切切，要么恨得咬牙切齿，绝对不会生出第三种波澜不惊的中庸意见。

其实，大理白族食生的传统，最早可追溯到《蛮书》，一直到元朝李京的《云南志略·诸夷风俗》、明朝陈文等的《云南图经志书》中都有记载。可见，这是一种延续千年的饮食习惯，生皮也完全可以被视为白族饮食文化的代表。

虽是食生，但生皮的制作与选材也极其讲究，生皮是选上好的家养猪，经过重重工序，再搭配以纯自然食材调制而成的秘制蘸水制成的。人们小心地将那块生皮放在嘴中，用牙将它嚼碎，不禁感到越嚼越香。那种香，是肉香，又像是优质核桃的香。黏在肉皮上的那层雪花般茸茸的肥肉，最能勾起食欲，其鲜美特别的滋味令人拍案叫绝。

生皮堪称大理人民的招牌菜，宴请相聚之时必不可少。外焦里嫩、草味稻香，配上堪称点睛之笔的蘸水，将麻辣酸鲜的组合之味定格，成为大理人最无法抹去的乡愁味道，亦成就了他们舌尖上的"美食信仰"。

Ⅲ

苍山雪·山珍：野生菌

　　云南是野生菌的产地，素有"野生菌王国"的美称，其野生菌品类繁多。据统计，云南可食用菌类多达 2700 余种，占了全国总数的 57.4%。

　　每年 7—10 月，云南各地最盛行的便是上山捡菌子、吃菌子。野生菌是天然的绿色美食，生于山林、长于山林，是来自大自然的馈赠。它不仅风味独特，而且营养丰富，广受各路"吃货"的喜爱。

　　大理也是野生菌的产区之一，带着山的寒峻与水的柔情，雨水的湿润滋养着菌子的生长，终于迎来一场绵延数月的菌子季。

　　多数菌子产于夏季多雨之时，如松茸、牛肝菌、鸡蛋菌、北风菌、红菇、香菌、鸡枞等等，历经几场雨水的滋润后，一年中食用野生菌的最佳时节便悄然而至。

　　幸赖雨露恩赐，湿润的泥土包裹着山珍的鲜美，菌子便如"小精灵"般一簇簇破土而出。大理得天独厚的地理条件，成就了餐桌上不可多得的美味。

　　大理人吃菌子的条件可谓得天独厚。炒、煮、炖、炸、拌……菌子的吃法不一而足，无论是沸腾鲜香的野生菌火锅，还是顺爽鲜美的菌菇刺身，这可荤可素、薄而不淡、浓而不腻的美味佳肴，一瞬间便能唤醒人们的味蕾，让人们享受一场美妙的味觉盛宴。

◆ 野生菌锅 方圆音画供图

IV

洱海月·"海"鲜：海菜芋头汤

◆ 海菜 方圆音画供图

众所周知，洱海不是海，而是湖泊。"湖泊称作海"是云南十八怪之一，靠水吃水，洱海里的湖鲜自然也不容错过。

"大理海子无根草，不飘不落不生根。"白族民歌的唱词里，"无根草"指的就是洱海里天然生长的"海菜"，又被戏称为"水性杨花"。

每年6月，泸沽湖上小白花盛开，湖面便成了花海。蓝天白云，青山碧水，一朵朵玲珑剔透的小白花漂浮在湖面上，美成了莫奈的油画。

白色的花瓣、鹅黄的花蕊，在清澈的湖面上自由自在，柔美地漂浮着，如"满天星斗下人间"，又宛如一个个妙龄女郎，气质孤傲，披发起舞，轻盈多姿，曼妙婀娜。

星星点点的白色，点缀在青山绿水间，摇曳飘荡，虽身影渺小，但仍能怀着一颗欢喜心，去闪耀生命之光，去欣赏红尘之美。

由于对水质的要求非常高，海菜又被称为"水质风向标"，外地人把它当作一景，本地人却拿它来做菜。

海菜从洱海中采捞出来，茎及花苞全株皆可入馔，可烩炖，可煎炒，可余水凉拌，且味道鲜美。

其中最为经典的莫过于"海菜芋头汤"，无须过多的配料，只用少许的油盐点缀即可，白糯的芋头、翠绿的海菜，宛若翡翠碧玉，交相辉映，香气满溢，是唇齿间最动人的美味。

在滇西走动，说到吃，首推大理。大理的美食不但品类齐全，而且特色鲜明。细品之下，其不仅美味，更具深长的意味。

"上关花，下关风，下关风吹上关花；苍山雪，洱海月，洱海月照苍山雪。"风花雪月的大理，不仅会迷住你的眼睛，也会迷住你的心。

山川载月，星河烂漫，定要去一趟大理，享尽这俗世的欢喜。

◆ 苍山洱海间的大理 方圆音画供图

Dali

Life
Can Be
Slower